Wilhelm Franz Exner

Johann Beckmann

Begründer der technologischen Wissenschaft

Wilhelm Franz Exner
Johann Beckmann
Begründer der technologischen Wissenschaft

ISBN/EAN: 9783743405165

Hergestellt in Europa, USA, Kanada, Australien, Japan

Cover: Foto ©Raphael Reischuk / pixelio.de

Manufactured and distributed by brebook publishing software (www.brebook.com)

Wilhelm Franz Exner

Johann Beckmann

Johann Beckmann,

Begründer der

technologischen Wissenschaft.

Vortrag

gehalten im k. k. österreich. Museum für Kunst und Industrie

von

Wilhelm Franz Exner.

Mit Porträt.

Wien

Druck und Verlag von Carl Gerold's Sohn

1878.

Vorwort.

Der Begründer der Technologie, Professor Johann Beckmann, ist beim großen Publicum längst in völlige Vergessenheit gerathen. Fachleute verschiedener Richtung würdigen und benützen zwar heute noch seine Werke, doch dürfte auch diesen die Lebensgeschichte Beckmann's kaum bekannt sein.

Zu Beginn des laufenden Jahres erinnerte ich mich, daß es im Jahre 1777 war, als das erste Lehrbuch der Technologie erschien; — dieses Fach ist also ein Jahrhundert alt geworden. Und da es im Geschmacke unserer Zeit, die es liebt Jubiläen zu feiern, begründet ist, so machte ich den Vorschlag, man solle einen der Vorlese=Abende des Jahres 1877 im österreichischen Museum für Kunst und Industrie dem Andenken an Beckmann widmen. Diese Anregung fand Billigung.

Je länger ich mich mit den Arbeiten für diese Vorlesung beschäftigte, desto mehr wuchs vor meinen Augen die Persönlichkeit Beckmann's und es schien mir empfehlenswerth, vor einem größeren Publicum über dieselbe zu sprechen, als es dasjenige ist, welches sich in einem Vorlesesaale versammeln kann.

In der zuvorkommendsten Weise unterstützten mich bei Beschaffung des Materiales:

Frau Sophie Beckmann in Göttingen, die Witwe des verstorbenen Notars Beckmann, eines Enkels von Johann Beckmann; Herr Sanitätsrath Dr. Beckmann in Harburg, ein zweiter Enkel Beckmann's; die Professoren an der Göttinger Universität: Prorector Geh. Regierungsrath Dr. Lotze, Dr. J. B. Listing, Dr. Wappäus; Geh. Regierungsrath Director Dr. Karl Karmarsch in Hannover und der Regierungsrath Professor W. Hecke in Wien.

Wien, im December 1877.

Prof. W. F. Exner.

Im Jahre 1777 erschien in Göttingen ein Buch unter dem Titel: "Einleitung zur Technologie oder zur Kenntniß der Handwerke, Fabriken und Manufacturen; vornehmlich derer, welche mit der Landwirthschaft, Polizei- und Cameralwissenschaft in nächster Verbindung stehen, nebst Beiträgen zur Kunstgeschichte von Johann Beckmann, Hofrath und Professor der Oeconomie in Göttingen."

Die das Buch einleitende Vorrede vom 22. März 1777 unterrichtet uns authentisch über die Auffassung, welche der Begründer der neuen Disciplin: Technologie, von dieser hatte. Er sagt: "die Kenntniß der Handwerke, Fabriken und Manufacturen ist Jedem, der sich der Polizei- und Cameralwissenschaft widmen will (in unserer Sprache würde das heißen: der Verwaltungs- und Wirthschaftsaufgaben zu lösen hat) unentbehrlich. Denn was man veranstalten, anlegen, anordnen, beurtheilen, regieren, erhalten, verbessern und nützen will, wird man doch wenigstens kennen müssen. Die Fragen: welche Gewerbe fehlen unserem Vaterlande, welche von den fehlenden können mit Vortheil eingeführt werden, woher nimmt man dazu Materialien, woher holt man dazu Künstler, wo ist der schicklichste Ort, den man ihnen anweisen soll, was hält die Handwerke, die wir haben, nieder, wie kann ihnen geholfen werden, wie viel trägt jedes zum gemeinsamen Besten bei, wie kann man ihren Gewinn berechnen? Diese und noch viele andere Fragen werden von Cameralisten nur alsdann beantwortet werden können, wenn sie sich jene Kenntnisse erworben haben."

Bis hieher und im weiteren Verlaufe sucht der Professor der Cameralwissenschaften die Nützlichkeit, ja die Unentbehrlichkeit der Technologie zunächst für seine Hörer zu erweisen. Dann heißt es weiter: „Die Kenntniß der Handwerke, Fabriken und Manufacturen ist dem, welcher sich der Landwirthschaft und der Handlung widmen will, höchst nützlich, denn die Gewinnung der rohen Producte geschieht in der Absicht, um solche den Handwerkern zur Verarbeitung entweder unmittelbar oder durch Kaufleute zu überlassen und sie wird desto vortheilhafter sein, je mehr die Produkte von jener Beschaffenheit sind, welche der Künstler verlangt und welche der Landwirth, der davon unterrichtet ist, nicht selten bewirken kann." Dann weiter: „Wenn dem Landwirth die Verarbeitung seiner Producte freigelassen wird, so kann er diese nur dann unternehmen, wenn er sie kennt und dann kann er seinen Vortheil oft vielfach erhöhen. Er gewinnt als Kaufmann wie als Handwerker."

Nun erweitert Beckmann den Kreis der zum Studium der Technologie Berufenen noch um ein Bedeutendes; er zieht sämmtliche heran, welche auf Reisen gehen, und sagt: „Würden diejenigen, welche auf Reisen gehen wollen, sich vorher mit den verschiedenen Gewerben bekannt machen und sich dadurch Lust und Fähigkeit erwerben, den Zustand derselben bei den Ausländern zu untersuchen, so würden sie mit noch reicherer Beute, als jetzt gewöhnlich ist, wenigstens nicht mit Verlust, welches das Allergewöhnlichste ist, zurückkommen. — Sollte diese Sitte in unserem Vaterlande werden, so würde der deutsche Baron mehr als neue Moden und Volkslieder aus Paris mitbringen, dann würde er in Italien mehr sehen als der Cicerone Jedem zeigt, welcher ihn bezahlt, mehr als die von so Vielen besehenen und beschriebenen Alterthümer, dann würde er in England nicht Covent-garden, Drury-lane und Vauxhall allein, sondern auch die Werkstätten seiner Landsleute besuchen, die den Engländern den Vorrang in Hinsicht der Künste vor den Deutschen verdienen helfen. Dann würden zwar deutsche Thaler hinausgetragen, aber auch ausländische Kenntnisse hereingebracht und es würde noch die Frage sein, wer die Bilanz bezahle, der Deutsche oder der Engländer."*)

Und nun kehrt Beckmann wieder zu den Fachleuten zurück. „Dem eigentlichen Gelehrten, der weder Landwirth, noch Kaufmann, noch Cameralist ist, ist die Kenntniß der Technologie nicht weniger wichtig; Mathematiker und Naturforscher können ihre Wissenschaft nicht höher ausbringen, als wenn sie solche zum Nutzen der Gewerbe, deren Verbesserung die unmittelbare Verbesserung des Staates ist, bearbeiten. Dann füllen sie den großen Abstand der Gelehrsamkeit von dem, was im gewöhnlichen Leben gebraucht werden kann, aus, dann wird der Gelehrte in den Werkstellen, als in einer neuen Welt, Gegenstände finden, welche ebenso viel Witz, Kenntniß, Nachdenken, Scharfsinn zu ihrer Beurtheilung und Erklärung verlangen, als immer nur ein gelehrtes Problem verlangen kann."**)

―――

*) Dieser Gedankengang hat Beckmann im Jahre 1794 veranlaßt, im „Journal für Fabrik u. s. w.", Stück 10, einen Artikel: „Technologische Fragen für Reisende" zu veröffentlichen.

**) Ils eu valent bien la peine, soit qu'on les considère par les avantages qu'on en tire, ou par l'honneur qu'ils font à l'esprit, humain. Je n'aurais jamais fait, si je m'imposais la tache de parcourir, toutes les merveilles, qui frapperont dans les manufactures ceux, qui n'y porteront pas des yeux prévenus ou des yeux stupides. D'Alembert.

„Gelehrte werden Gewerbe erheben helfen, ohne welche ein Staat nicht sein kann, die aber, weil man sie in Deutschland aus Unwissenheit und Vorurtheil immerhin für einfältige, unanständige Beschäftigungen gehalten hat, bis zur Classe des gemeinsten, unwissendsten, unbemittelten Pöbels heruntergesunken sind, wo sie wie Samen auf dem Felsen zwar aufkeimen, aber aus Mangel an Nahrung und Pflege niemals vollends reifen."

„Juristen werden Rechte der Handwerker weder vertheidigen, noch bestreiten, noch Streite schlichten, wenn sie nicht ihre Arbeiten kennen." Sogar für den Arzt und für den Theologen reclamirt Beckmann unter Hinweis auf Ramazzini und Linné einerseits und auf Mathesius andererseits technologische Kenntnisse; „der letztere kannte das Gewerbe derer, denen er predigte".

Beckmann meint, er führe dies alles nur zum Ueberflusse an, indem man ja endlich in Deutschland nicht mehr daran zweifle, „daß die Technologie gelehrt und gelernt zu werden verdiene".

Soviel von den Aeußerungen Beckmann's über den Werth der Technologie im Allgemeinen und nun einiges über das Ziel der technologischen Vorträge.

„Die gegenwärtige Anleitung soll keine Tuchweber, keine Brauer, überhaupt keine Handwerker bilden, welche insgesammt zur Ausübung ihrer Künste viele Fertigkeiten und Handgriffe nöthig haben, welche alle einzeln durch langweilige Uebung erworben werden müssen, welche aber denen, welchen ich zu dienen suche, unnöthig sind. Kennen muß der Feldherr die Arbeiten des Artilleristen, aber es ist keine Schande, wenn dieser das Geschütz besser, genauer und schneller zu richten versteht; kennen muß der Landwirth den Dreschflegel, aber die Fertigkeit zu dreschen braucht er nicht. Auch könnten ihm dazu Knochen und Muskeln fehlen. Die Handwerker verhalten sich zu dem Cameralisten, wie die Ackerknechte zu dem Landwirth, wie die Apotheker zum Arzte."

Beckmann ist bemüht gewesen, „die rohen Materialien und Nebenmaterialien zu bestimmen, die Werkzeuge und Geräthschaften anzuzeigen, die Terminologie zu erklären, die verschiedenen Arbeiten in der Ordnung, wie sie geschehen oder nach der sie am leichtesten verstanden werden können, zu beschreiben, die Gründe derselben anzugeben, die Verschiedenheiten in Werkzeugen und Arbeiten, welche nicht allgemein bekannt sind, zu berühren u. s. w." Beckmann war bestrebt, „mit wenig Worten viel zu sagen. Das Buch sollte nicht durch Kupfer vertheuert werden, was allerdings verhindert, einen klaren Begriff von complicirten Maschinen zu vermitteln; aber die Bogen sind zu Vorlesungen bestimmt, wobei alles mündlich theils im Hörsaale, theils in den Werkstellen an den Maschinen selbst, oder an Modellen, oder durch Zeichnungen erläutert werden soll. Auch werden diese Bogen dem Besucher von Werkstellen dazu dienen, daß er die gehörigen Arbeiten in gehöriger Ordnung suche, daß er die Sprache der Arbeiter verstehe, den Mechanismus leichter begreife 2c."

Unter den Handwerken wurden vornehmlich diejenigen gewählt, welche „mit der Landwirthschaft, Polizei- und Cameralwissenschaft in nächster Verbindung stehen, welche in Göttingen oder in der nächsten Nachbarschaft in Uebung standen". Als benachbart wurde auch noch Minden, Kassel und der lehrreiche Harz aufgefaßt. „Gewiß ist, daß eine gründliche Kenntniß einzelner Fabriken und Manufacturen eine sehr gute Anleitung zur Kenntniß der übrigen ist."

„Der Zusammenhang der einzeln abgehandelten Handwerke mit der Landwirthschaft, Polizei- und Cameral-Wissenschaft wurde deshalb nicht bemerklicher gemacht, weil dadurch die Deutlichkeit und Vollständigkeit verloren hätte. „Es soll jede der Wissenschaften in der Ordnung abgehandelt werden, daß man der Landwirthschaft die Technologie und dieser die Polizei- und endlich die Cameralwissenschaft folgen lasse."

„Um den etwas einförmigen Vortrag durch einige Blümchen annehmlicher zu machen", hat Beckmann dasjenige „eingestreut, was von der Geschichte der abgehandelten Künste, von den Erfindungen und der Zeit der Erfindungen bekannt geworden ist. Die eigentliche sogenannte Kunstgeschichte", sagt Beckmann, „ist bisher noch von wenigen bearbeitet worden und noch dazu fast nur von solchen, welche die Künste selbst nicht kannten." Beckmann nimmt dabei die schönen Künste gänzlich aus, welche „vortreffliche Geschichtsschreiber erhalten haben".

„Gleichwohl ist diese Geschichte nicht nur angenehm, sondern auch lehrreich und wir Deutsche haben noch mehr als alle unsere Nachbarn Ursache, sie zu untersuchen, weil unleugbar die meisten und wichtigsten Entdeckungen von unseren Landesleuten gemacht worden sind und dennoch andere Nationen sich solche anmaßen. Mehr als sieben griechische Städte zankten sich um die Ehre, der Geburtsort eines Dichters zu sein und ganz Deutschland läßt sich gelassen die Ehre und die vielen Vortheile seiner Entdeckungen rauben, wodurch andere Völker reich, mächtig, glücklich und Deutschlands Entkräfter geworden sind."

„Denen, welche es sich nicht vorstellen können, oder es sich nicht eingestehen wollen, daß Landwirthschaft, Technologie und Handelswissenschaften auf Universitäten mit Nutzen gelehrt werden können", versichert Beckmann, „daß er das Gegentheil aus einer vieljährigen Erfahrung wisse".

Am Schluß des Vorwortes wendet sich Beckmann an die Kritiker mit folgenden Worten: „Von wohlgesitteten Personen meine ich Verbesserungen und Zusätze, ohne erröthen zu dürfen, annehmen zu können und beide werde ich mit Dank erkennen und nutzen."

Dies ist der hauptsächliche Inhalt des Vorwortes zur ersten Ausgabe des ersten Lehrbuches der Technologie und heute, nach 100 Jahren, dürfte es schwer werden, in diesen Ausführungen einen wesentlichen Irrthum zu entdecken; sowohl was den Zweck und die Ziele als auch was die Methode des technologischen Unterrichtes an Universitäten anbelangt, könnte nichts Besseres, nichts Zweckentsprechenderes gesagt werden.

Der Erfolg war ein dem erleuchteten Sinne, der das Werk geschaffen, entsprechender, ein im deutschen Buchhandel zu Ende des vorigen Jahrhundertes wohl selten auftretender. Schon im Jahre 1780 erschien die zweite Ausgabe, die vom 3. April datirt ist. Die Vorrede zur dritten Ausgabe wurde am 8. April 1787 geschrieben, die Vorrede zur vierten Ausgabe stammt vom 2. März 1796 und am 2. März 1802 folgte die fünfte, nach welcher schon wieder die sechste am 3. Jänner 1809 erscheint. Alle sechs Jahre durchschnittlich mußte eine neue Ausgabe in Göttingen veranstaltet werden.

Ohne jetzt des Näheren auf die Durchführung des Programmes einzugehen, das Beckmann in dem Vorworte zu seiner „Anleitung zur Technologie" für sein Werk aufgestellt hat, soll nun vorerst blos constatirt werden, daß dieses Buch seinen Verfasser als den Begründer der Technologie erscheinen läßt. Karl Karmarsch, welcher unter allen Nachfolgern Beckmann's die größte Berühmtheit erlangte, dessen Urtheil daher, als von einer Autorität ersten Ranges ausgehend, große Bedeutung hat, sagt in seiner Geschichte der Technologie*), Seite 864, Folgendes:

„Den ersten Versuch, die Beschreibung einer gewissen Anzahl von Gewerben in gedrängter Kürze zu einem Lehrbuch zu vereinigen, machte 1777 Beckmann, von dem 1772

---

*) München, 1872. R. Oldenbourg.

zuerst der Name Technologie für das gebraucht wurde, was man bis dahin gewöhnlich, aber sehr uneigentlich Kunstgeschichte genannt hatte. Dieser Gelehrte muß demnach als Begründer der Technologie betrachtet werden, nicht etwa blos, weil er den Namen, sondern auch weil er die Sache und die Form schuf, letzteres freilich nur erst in unvollkommener Weise, wie es im Beginne freilich kaum anders möglich war."

Das von Karmarsch abgegebene Urtheil dürfte wohl keinerlei Widerspruch erfahren. Hier muß nur bezüglich des Datums, wann von Beckmann zuerst der Name Technologie gebraucht wurde, eine Berichtigung vorgenommen werden, nachdem dieser Umstand immerhin einige Beachtung verdient. Beckmann selbst war darüber im Irrthum, denn er behauptet in der Einleitung zur „Technologie" Seite 21, er habe „im Jahre 1772 gewagt, das Wort „„Technologie"" statt der vorher üblichen Benennung „„Kunstgeschichte"" zu wählen". Thatsache ist, daß Beckmann schon im Jahre 1769 in seiner Vorrede zur ersten Auflage der „Grundsätze der deutschen Landwirthschaft", die Bezeichnung „Technologie" angewendet hat.

Im Jahre 1777 konnte sich Beckmann schon rühmen, daß sein Vorschlag „Technologie" als Bezeichnung für die Beschreibung der Handwerke zu gebrauchen, „in und außerhalb Deutschlands angenommen ist". Das Wort „Technologie" ist von den griechischen Ausdrücken $\tau\varepsilon\chi\nu o\lambda o\gamma\iota\alpha, \tau\varepsilon\chi\nu o\lambda o\gamma\varepsilon\omega, \tau\varepsilon\chi\nu o\lambda o\gamma o\varsigma$, abgeleitet. Freilich dachten die Griechen bei den Worten nicht gerade immer an die Gewerbe oder Handwerke, sie bedeuten aber immer ein „Können". Das Wort „Technologie" muß als äußerst glücklich gewählte Bezeichnung für jene Summe von Kenntnissen und Erfahrungen erkannt werden, welche sich auf die gewerbliche Arbeit beziehen. Trotz der Erweiterung und Vertiefung, welche dieses Fach im Laufe eines Jahrhundertes durch die rastlose Thätigkeit von Gelehrten und Praktikern erfahren hat, konnte der von Beckmann construirte Name beibehalten werden und es ist kaum anzunehmen, daß derselbe in Hinkunft je durch einen passenderen Namen ersetzt werden wird.

Indem die weitere Erörterung der Leistungen Beckmann's als Begründer der Technologie oder kurz als Technologe einem späteren Theile dieser Schrift vorbehalten wird, soll jetzt die Bedeutung des Universitätslehrers und Gelehrten Beckmann noch in verschiedenen anderen Richtungen besprochen werden. Es wird gelingen, den Nachweis zu liefern, daß Beckmann eine seltene Universalität des Wissens, eine Vielseitigkeit und Ausdauer an Schaffenskraft mit tiefem Ernst, großer Gründlichkeit und bedeutenden Erfolgen in seinem Wirken vereint. Ist dieser Nachweis gelungen, so ist es wohl auch berechtigt, die Aufmerksamkeit des Publicums auf diesen Namen neuerdings zu lenken und die Dankbarkeit der jetzt lebenden Generation des deutschen Volkes für diesen wirklich großen und verdienstvollen Mann zu reclamiren. Dann ist es auch begründet, daß die Geschichte seines Lebens- und Entwicklungsganges erzählt und damit der Versuch gemacht wird, Beckmann der unverdienten Vergessenheit zu entreißen. In der Biographie unseres Beckmann bei dem Jahre 1777 angelangt, wird dann jene Theilnahme für ihn erlangt sein, welche vorausgesetzt werden muß, um dem Leser ausführlichere Erörterungen über die Leistungen Beckmann's als Technologe zumuthen zu dürfen.

In der zweiten Hälfte des vorigen Jahrhunderts wurde bei dem Unterrichte auf Universitäten, den einzigen Hochschulen, die damals existirten, das Bedürfniß fühlbar, eine möglichst praktische Richtung zu verfolgen; namentlich die Professoren der Nationalökonomik und insbesondere Beckmann allen voran zeichneten sich dadurch aus, daß sie strebten, Gewerbekunde, Landwirthschaft und andere Fächer, welche die Grundlage praktischer Berufsrichtungen bilden sollten, in den Rahmen der cameralistischen Studien aufzunehmen*). So war es denn auch Beckmann, welcher das Mangeln einer **theoretischen Grundlage für den Betrieb der Landwirthschaft** fühlte. Im Wintersemester des Jahres 1767/68 veröffentlichte Beckmann „Gedanken von der Einrichtung ökonomischer Vorlesungen statt einer Einleitung zu seinen Vorlesungen"**) Diese Gedanken über ökonomische Universitäts-Vorlesungen verwirklichte Beckmann durch die jährlich wiederkehrende Abhaltung eines Collegiums über **Landwirthschaftswissenschaft**. Im Jahre 1769 veröffentlichte er bereits seine „Grundsätze der deutschen Landwirthschaft", welche sechs Ausgaben erlebten und auch in's Holländische übersetzt wurden. Sie stellten ihn in die Reihe jener Männer, deren Name genannt werden muß, wenn man die hauptsächlichsten Förderer einer wissenschaftlichen Reform der Bodencultur aufzählt. In seiner „Geschichte der Landwirthschaft"***) sagt Fraas über Beckmann (I. Band, Seite 55): „Für das Specielle der Landwirthschaft haben die Cameralisten gar sehr wenig gethan, Casimir Medikus, Gugenmus und die Cameralschule zu Lautern, später Heidelberg etwa ausgenommen. Vollendeter als diese noch und mit außerordentlichem Glück hatte J. Beckmann um 1766 das Panier des Realen in den Ca-

---

*) Zur Zeit der Lehrthätigkeit Beckmann's in Göttingen hielten auch Hofrath Meister und Architekt Borheck Vorträge über "bürgerliche Baukunst", "Wasserbaukunst", "Mühlen- u. Brückenbau". Sogar "Kriegsbaukunst" erscheint in den Lehrplänen durch verschiedene Docenten vertreten. Auch das "praktische Feldmessen" figurirt im Lectionsplan. Der berühmte Chemiker Gmelin las ein Wintercollegium über "Chymie auch auf Handwerke und Künste angewandt". (Chemische Technologie.)

**) Göttingen bei Vikterinus Vossigel.

***) Prag, 1852, F. Tempsky.

meralien überhaupt zu Göttingen aufgepflanzt. Insbesondere auch für das Landwirthschaftliche ist er für viele Decennien hin maßgebend gewesen und in vielen Auflagen folgten sich seine „"Grundzüge der Landwirthschaft"" ohne daß wir aber einen besonderen Fortschritt darin erblicken können."

An der Bedeutung Beckmann's als ökonomischer Schriftsteller kann man trotz dieser Einschränkung durch Fraas nicht zweifeln; citirt er doch wiederholt Beckmann's Aussprüche S. 112 u. s. w.*)

Die Leistungen Beckmann's bezüglich der Begründung der technologischen und der Landwirthschafts-Wissenschaft wurden von seinen Zeitgenossen völlig anerkannt. Sein College Schlözer preist Beckmann als den „Begründer zweier neuer Wissenschaften der gelehrten Oekonomie und der Technologie".

Gehören auch die Verdienste Beckmann's in den eben besprochenen Richtungen zu den charakteristischen Zügen seiner wissenschaftlichen Individualität, so dürfen doch seine sonstigen Leistungen nicht völlig unberührt bleiben.

---

*) Fraas anerkennt den von Beckmann in Gemeinschaft mit anderen Cameralisten ausgeübten Einfluß mit folgenden Worten: „Diese Erstarkung des deutschen Gemeingefühles fand auch zunächst in den niederen Classen statt, nicht in den höheren, welche der Ausländerei, zunächst dem Franzosenthum, völlig verfallen waren. Allmälich verdrängten die besseren Werke Stiffer's, Beckmann's, Kunhalb's, Reichart's, Eccarb's u. s. w. und v. Münchhausen's vor Allem die alten Folianten des abeligen Hof- und Feldlebens. Ja so gewiß ist der Weg, auf dem sich ein Volksbewußtsein bildete und höhere Geistesbildung erstrebt ward, auf dem die höchsten Errungenschaften unserer Tage gesetzliche Entwickelung, Rechtspflege, constitutionelle Freiheit gefunden wurden, so gewiß, sagen wir, ist der Weg, auf dem die Schriften der „Hausväter" und Cameralisten in's Volk drangen, der wichtigste und richtigste gewesen, daß man noch jetzt in manchen Staaten die Schriften jener frommen und rechtpredigenden ersten Lehrer des Staats- und Privathaushaltes neben Legenden und Postillen sieht."

Roscher schreibt in seiner „Geschichte der National-Oekonomik Deutschlands", Seite 582, Folgendes: „Zu einer Zeit großer Blüthe der Göttinger Universität las dort über Nationalökonomie nur Schlözer in einem Colleg über Politik, nebst Grundsätzen des allgemeinen Staats- und Kirchenrechtes, Handlungstheorie und Grundlagen der Cameralwissenschaft. Daneben Beckmann über Landwirthschaft, Technologie u. s. w. Die langdauernde Verbindung beider Männer mit Pütter und Martens erhob Göttingen damals unstreitig für Staatswissenschaften zur ersten deutschen Universität." Bei Aufzählung jener Männer, welche die geschichtliche Nationalökonomik unmittelbar vorbereiteten, nennt Roscher neben Chr. G. Heyne*), Achenwall, Schlözer, Spittler und Sartorius, Johann Beckmann, dessen „Beiträge zur Geschichte der Erfindungen" durch eine seltene Verbindung reicher, literarischer Kenntnisse, mit technischem Sachverständnisse noch immer brauchbar sind."

Aus diesem Urtheile geht hervor, daß Roscher den Einfluß Beckmann's auf die Ausbildung der Volkswirthschaftslehre allerdings als einen indirecten aber dennoch bemerkenswerthen anerkennt.

Beckmann hielt auch Vorlesungen an der Universität über Handlungswissenschaft, in welchen eine Anweisung zur doppelten Buchhaltung für Kaufleute gegeben wurde**).

Die Anwendung der kaufmännischen Buchhaltung auf kleinere Haushaltungen interessirte ihn dabei ganz besonders und so entschloß er sich, ein Buch herauszugeben, unter dem Titel „Anweisung, die Rechnungen kleinerer Haushaltungen

---

*) Dieser Gelehrte hat mit seiner Abhandlung: Memoria Joannis Beckmann im 1. Bande der Commentationes recentiores, Göttingen, 1811, ein würdiges Denkmal seinem dahingegangenen Collegen gesetzt.

**) Im Jahre 1789 erschien Beckmann's „Anleitung zur Handlungs-Wissenschaft." — Göttingen.

zu führen. (Göttingen 1797". Ich bin durch einen noch leben=
den Enkel Johann Beckmann's, Herrn Dr. Ernst Beckmann,
Sanitätsrath und Kreisphysikus zu Harburg, in den Besitz
jenes Exemplares der ersten Auflage dieses Buches gelangt,
in welchem Beckmann eigenhändig die Verbesserungen, welche
bei Veranstaltung der zweiten Auflage vorgenommen wurden,
eingetragen hat. In einem Briefe des genannten Herrn
äußert sich derselbe über das angeführte Buch dahin, daß
diese Schrift die „edle Denkungsweise, Biederkeit und Welt=
klugheit des großen Mannes" ganz und gar charakterisire.
So unbedeutend auch der Titel klingt, so viel kluge Rath=
schläge und Ansichten seien dennoch darin enthalten. Auf
Seite 117 des angeführten Buches nennt sich Beckmann selbst
einen Technologen, in dem Absatze, welcher lautet: „Un=
sere Frauen können einem Technologen glauben, daß jeder Topf
endlich einmal zerbrechen muß, deswegen, weil er von keiner
Hand, auch nicht von der ihrigen auf's Feuer gebracht werden
kann, ohne neue Ritzen, bei deren Anwachsen er auch endlich
bei der sorgsamsten Köchin auseinanderfallen muß."

Auf dem Respectblatte dieses Exemplares der Anweisung
für Rechnungen kleiner Haushaltungen sind Anmerkungen
von der eigenen Hand Beckmann's zu lesen, welche sich auf
die in der „Hamburgischen neuen Zeitung", in den „Göttinger
gelehrten Anzeigen", im „Gothaischen Reichsanzeiger", in
Balding's „Neuem Magazin", im „Leipziger Intelligenzblatt"
2c. 2c. enthaltenen Kritiken beziehen. Auch findet sich da die Be=
merkung, daß die dänische Uebersetzung dieser Anweisung im
„Schleswig=Holstein'schen Provinzialberichte" angekündigt wurde.

Damit ist aber noch lange nicht die Vielseitigkeit und
die trotz dieser Universalität bewährte Gründlichkeit der Beck=
mann'schen Arbeiten erschöpfend nachgewiesen. Wenn man auch
von den Sammelwerken, bei welchen Beckmann viele Mit=
arbeiter hatte, und von allen in diesen periodischen Publica=

tionen enthaltenen Abhandlungen verschiedenster Art absieht, so kann doch noch auf verschiedene Richtungen seiner literarischen und gelehrten Thätigkeit an der Hand größerer Publicationen hingewiesen werden.

Beckmann pflegte mit besonderer Vorliebe die Naturwissenschaften, insbesondere Botanik und Mineralogie. Auf einer Reise von Rußland nach Schweden lernte er Linné kennen und hatte das Glück „die Achtung und Liebe Linné's zu erlangen und die für sein Alter und für seine Verhältnisse vorzügliche Ehre, auf Linné's Veranlassung und Empfehlung zum Correspondenten der königl. schwedischen Societät ernannt zu werden". Er kam dadurch mit den angesehensten Gelehrten in nähere Verbindung, erhielt von ihnen Empfehlungsschreiben und studirte unter anderem die Bergwerke Schwedens. Im Jahre 1767 veröffentlichte er: „Anfangsgründe der Naturhistorie". Göttingen und Bremen; ein Jahr früher: De historia naturali veterum, libellus primus. Petropoli & Goetting; im Jahre 1772: Linné's Terminologia conchyliologiae, Göttingen; im Jahre 1779: einen Grundriß zu Vorlesungen über die Naturlehre. Außer diesen mehr oder weniger selbstständigen Arbeiten, begegnen wir Uebersetzungen verschiedener gelehrter Arbeiten, die Beckmann mit unleugbarem Geschick durchführte; hieher gehört die deutsche Uebersetzung einer schwedischen Mineralhystorie des Freiherrn Daniel Tilas, ferner die Uebersetzung einer italienischen akademischen Rede des Dr. Peter Moscati von dem wesentlichen Unterschiede zwischen der körperlichen Structur des Menschen und der Thiere, endlich die Uebersetzung einer französischen Schrift: chemische Untersuchungen verschiedener Mineralien des Herrn Sage.

Aus diesen Beispielen, die noch durch eine Reihe weiterer vervollständigt werden könnten, geht dreierlei hervor. Erstens die überaus große Fruchtbarkeit Beckmann's als Autor, zweitens seine Beherrschung der zeitgenössischen Literatur und endlich

drittens seine gerade in jener Zeit doppelt merkwürdige Sprachen⸗
kenntniß. Beckmann verstand und schrieb außer den todten
Sprachen, der griechischen und lateinischen, und außer seiner
Muttersprache noch sieben andere lebende Sprachen.

Außer den Studien auf dem Gebiete der Naturwissen⸗
schaften war es die Lectüre der Classiker des Alterthums,
welche ihn bis in sein hohes Alter lebhaft anzog. Seine Vor⸗
liebe für die Schriftsteller Griechenland's und Rom's ging so
weit, daß er sich dazu gedrängt sah, auch literarhistorische Stu⸗
dien und Arbeiten zu unternehmen, welche allerdings in der
Regel mit den Naturwissenschaften oder den Cameralia
zusammenhingen. Er wagte die Herausgabe einer Schrift des
Aristoteles mit Commentaren, obgleich er sich bewußt war,
dieses Unternehmen nur unter Mitwirkung einer Reihe be⸗
freundeter Fachmänner durchführen zu können*).

Eine außerordentliche Rührigkeit in schriftstellerischer Be⸗
ziehung muß als eine charakteristische Eigenschaft Beckmann's
bezeichnet werden. Es wurde schon früher der Herausgabe von
größeren in periodischen Lieferungen erscheinenden Sammel⸗
werken Erwähnung gethan; diese sind 1. die „Beiträge zur
Oekonomie, Technologie und Cameralwissenschaft", 1779
bis 1781; 2. die „Sammlung auserlesener Landesgesetze,

---

*) Aristotelis liber de mirabilibus auscultationibus explicatus, cum notis variorum, 1786; und Antigoni Carystii, Historiarum mirabilium Collectanea explicata; cum interpretatione G. Xylandri. Subjectis ad finem annotationibus ad Aristotelis Auscultationes mirabiles. Lips. 1791. Beckmann erhielt über das erstere Werk viele Belobungen. Eine Anzahl von Zuschriften namhafter Gelehrten jener Zeit, welche jenes Werk kritisiren, hat Beckmann sorgfältig aufbewahrt und diese sind heute noch im Besitze der Enkelin Beckmann's. Die Briefe von Denis, Heyne, Locella, Meister, Wolf, Layard u. A. würden für einen Autographen-Sammler von Werth sein. Einige Zuschriften, die andere Veranlassungen haben, z. B. von Linné, Büsching, Hellmann, Wernsdorf, liegen auch noch vor.

welche das Polizei= und Cameralwesen zum Gegenstande haben",
10 Theile, 1783—1793; 3. „Physikalisch=ökonomische Biblio=
thek", 23 Bände, 1770—1807.

Man bemerkt, daß alle diese drei Sammelwerke in der
Zeit vom Jahre 1779 bis 1791 gleichzeitig erschienen;
also für dieselben gleichzeitig nebst den Vorlesungen, nebst
der Herausgabe von Originalarbeiten, nebst Uebersetzungen,
nebst einer ausgebreiteten Correspondenz Vorsorge getroffen
werden mußte. Zum Theil in dieselbe Zeit fällt auch die
Herausgabe von Beckmann's Beiträgen zur Geschichte
der Erfindungen, fünf Bände, 1780 bis 1805. Trotz
dieser vielseitigen und, wie man zugeben wird, aufreibenden Be=
schäftigung, fand Beckmann noch Zeit, größere und kleinere
Reisen zu unternehmen und über dieselben Tagebücher von
musterhafter Gründlichkeit und großer Ausführlichkeit zu ver=
fassen. Diese unedirten Reisetagebücher stehen mir glücklicher
Weise sämmtlich zur Verfügung und sind die Quelle für Daten,
welche in späteren Auseinandersetzungen ihren Platz finden sollen.

Von kleineren Beiträgen für wissenschaftliche Journale,
Magazine, Repertorien u. dgl. m. liegt eine wahre Unmasse
vor. Unter diesen Abhandlungen spielen eine hervorragende Rolle
Bücheranzeigen und Recensionen. Einzelne Verzeich=
nisse dieser von ihm gearbeiteten Recensionen sind noch erhalten.
Einer eigenhändigen Aufschreibung Beckmann's entnehme ich,
daß er in der Zeit vom Beginn des Jahres 1770 bis zum
20. Jänner 1779, also in einer achtjährigen Periode trotz der
in die Zeit vom Jahre 1770—1777 fallenden Vorbereitungen
des Lehrbuches der Technologie nicht weniger als 166 Bücher=
recensionen verfaßt und an Nicolai abgesendet hat. Er=
wägt man, mit welchem Fleiße, mit welcher Gewissenhaftig=
keit und Sorgfalt Beckmann alle seine Arbeiten durchgeführt
hat, so muß man zu dem Schlusse gelangen, daß das Leben
Beckmann's ein Leben intensivster Arbeit, ununterbrochenen

Strebens und ernster Thatkraft war. Eine Vielseitigkeit, die bei dem heutigen Stande des Wissens und der Arbeitstheilung kaum mehr zu fassen ist, vereinigt mit wirklicher Forscher= befähigung; dies sind die Attribute des Gelehrten Beckmann. Aber nicht unfruchtbare Gelehrsamkeit, sondern, wie wir schon gesehen haben und noch sehen werden, eine für die Praxis mehrerer Berufsrichtungen äußerst fruchtbare Schaffenskraft knüpft sich an den Namen Beckmann.

Ueber die Lehrthätigkeit Beckmann's an der Göttinger Universität berichtet Justizrath Pütter in seinem „Versuch einer akademischen Gelehrtengeschichte", zweiter Band, 1788, S. 337 Folgendes:

„Die Erlernung der Mineralogie (6 Vorlesungen wö= chentl., ein Semester) pflegt er durch Vorzeigung der beschriebenen Mineralien aus der starken Sammlung, welche er theils auf seinen Reisen, theils durch Tausch und Ankauf zusammen gebracht hat und noch immer in allen Theilen vollständiger zu machen sucht, zu erleichtern. Bei der Lehre von den Metallen und den Hüttenarbeiten nutzt er die Sammlung von Modellen, welche er selbst besitzt. Die Kenntniß der Versteinerungen, wenn solche besonders verlangt wird, erleichtert er durch Vorzeigung der meisten Arten, ihrer wahren oder ähnlichen Urstücke und der besten Abbildungen."

„Zum Gebrauch bei seinen Vorlesungen über die Land= wirthschaft (6 Stunden wöchentl., ein Semester) hat er nicht nur eigenthümlich eine große Anzahl Modelle wirklich gebräuch= licher Pflüge, sondern auch anderer nützlicher und nicht all= gemein bekannter Werkzeuge und Maschinen, auch eine Sammlung von Samen und Holzarten. Die Pflanzen, welche im Collegio berührt werden, auch selbst die schlimmsten Un= träuter (!) werden jeden Freitag Abends um 6 Uhr im ökonomischen Garten vorgezeigt, wo dann auch Pfropfen, Oculiren und andere Handgriffe gewiesen werden, in denen sich da die Zu=

hörer zugleich selbst üben können. Es werden nämlich im ökonomischen Garten soviel als möglich alle ökonomischen Gewächse und ihre merkwürdigsten Abarten gezogen. Wer getrocknete Sammlungen von solchen Gewächsen oder auch von Samen verlangt, kann solche für billige Preise von dem Gärtner erhalten."

„Auch zum Unterrichte in der Technologie (6 Vorlesungen wöchentl., ein Semester) besitzt Hofrath Beckmann viele Modelle, Proben von rohen Materialien, von den vornehmsten Waaren und ihren Abänderungen. Die Arbeiten selbst aber werden jedesmal auch in den Werkstätten und Manufacturen vorgezeigt, da er dann vorher die Veranstaltung trifft, daß man sie, sowie man hinkömmt, in ihrer eigentlichen Folge sehen kann. In dieser Absicht bereiset er auch jeden Sommer mit Zuhörern, denen es gefällig ist, einige benachbarte Salzwerke, Glashütten, Fayencerien u. dgl., als zu Salzderhelden, Sülbeck, Minden; auch macht er zuweilen mit einigen Zuhörern, die es besonders wünschen, eine technologische Reise auf den Harz und nach anderen benachbarten Oertern, wie denn die Gegend um Göttingen wirklich sehr reich an mannigfaltigen technologischen Gegenständen ist."

„In den Lehrstunden über die Waarenkunde (2 Vorl. wöchentl., ein Semester) werden vornehmlich die ausländischen Waaren erklärt und vorgezeigt, auch wird alles, was den Handel mit denselben betrifft, vorgetragen"

„Die Vorlesung über die Handlungswissenschaft (6 Vorl. wöchentl., ein Semester) erklärt alle Geschäfte der Kaufleute, alle zur Handlung dienenden öffentlichen Anstalten, als das Wechselwesen, Wechselcours, Banken, Assecuranzwesen, Handlungsgesellschaften, Anleihen großer Summen für Potentaten u. s. w. Auch da wird der Vortrag durch Vorzeigung und Mittheilung der Formularien praktischer gemacht. Zuletzt werden über eine erdichtete Handlung, nach einfacher und Italienischer Weise Bücher geführt, die alten geschlossen und wiederum neue angefangen."

„In den **cameralistisch-praktischen Lehrstunden** (6 Vorl. wöchentl., zwei Semester) wird jede Woche eine Ausarbeitung geliefert, wozu die Materialien und die dazu nöthigen Kenntnisse entweder erst vollständig vorgetragen oder aus anderen Lehrvorträgen in Erinnerung gebracht werden. Sie betreffen Gegenstände der Landwirthschaft, der Polizei- und Cameralwissenschaft, z. B. Verordnungen, Berichte, Instructionen, Vorschläge, Pacht- und Kaufanschläge, Tabellen u. dgl. Jeder Aufsatz wird mit der Feder verbessert und bei der Zurückgabe beurtheilt, auch wohl mit Mustern verglichen. Weil zuweilen hierzu keine völlige Stunde erforderlich ist, so werden alsdann solche Fragen beantwortet, die etwa von ein oder anderen Zuhörern mit ihren Ausarbeitungen über Gegenstände, die zu diesen Vorlesungen gehören, zugeschickt sind, wodurch dann zugleich ergänzet werden kann, was manchen sonst noch undeutlich oder zweifelhaft geblieben ist."

„Schon einigemal haben reiche **Kaufleute, Künstler und Handwerker** ihre Söhne, welche das väterliche Gewerbe schon völlig erlernt hatten, auch solches nachher treiben wollten, hieher geschickt, um diese und andere Lehrstunden zu benutzen. So sind Kaufleute, Materialisten, Färber, Tuchmanufacturer, Papiermacher, Lederarbeiter, Landwirthe und andere nicht eigentliche Gelehrte in solchen Lehrstunden fleißige Zuhörer gewesen, die nachher zu ihrem Gewerbe zurückgekehrt sind und noch jetzt sich des hier genossenen Unterrichtes dankbarlich erinnern. Würden noch häufiger bemittelte Personen von der Art auf diese Weise den akademischen Unterricht benützen, so würden gewiß manche Kenntnisse, Erfindungen, Verbesserungen und Vorschläge, die jetzt noch ungebraucht in Schriften vorkommen, dahin verbreitet werden, wo sie eigentlich nutzen können und wohin sie durch andere Mittel nicht wohl zu bringen sind" *).

Es dürfte gerechtfertigt sein, nun auch eine gewisse Theilnahme für die Lebensgeschichte Beckmann's vorauszusetzen.

Bei der Geschichte des Lebens unseres Beckmann wurden von seinen nachgelassenen Manuscripten „**Meine Reise durch die Welt**, zusammengetragen in Bremen im August 1766" und die „**Beiträge zur Biographie des Hofrathes Johann Beckmann**" im „neuen Hannoverschen Magazine" 17. Stück v. 29. April 1811 benützt, welche letzteren nach einer zuverlässigen Mittheilung von dem Professor Erxleben, dem Großvater des noch jetzt lebenden hannoverschen Exministers verfaßt wurden. Erxleben war aber ein intimer Freund und Jugendgenosse Beckmann's, der mit der Vorliebe für Beckmann's Persönlichkeit das Verständniß für eine solche Aufgabe vereinigte.

Die Beckmann'sche Aufzeichnung äußert sich über den Vater Beckmann's folgendermaßen:

„Nicolaus Beckmann, der einzige Sohn seines Vaters wurde am 3. März 1700 in Verden geboren. Seine Mutter wurde einige Monate darauf Witwe. Sie ließ ihren Sohn bis in's 14. Jahr in Verden in die Schule gehen, in der Meinung, ihn Theologie studiren zu lassen. Aber die wenigen Mittel und seine schwächliche Gesundheit widerriethen es, er kam also 1714 zu dem Landrathe von Lütken nach Bremen als Leibdiener und Schreiber, woselbst er es sehr sauer gehabt, ungeachtet er daselbst bis in's achte Jahr geblieben. 1721 verließ er diese Stelle. In einem Actenstücke der verwitweten

---

*) Beckmann hielt in den Achtziger Jahren im Wintersemester ca. 21, im Sommersemester 13 Vorträge pr. Woche, ungerechnet Special-Collegien, wie „Anleitung zur Harzreise", „Ueber Büsching's Vorbereitung zur Kenntniß der Staatsverfassung"; „Petrefaktenkunde" ꝛc. ꝛc. Wenn man das heute einem Hochschul-Professor zumuthen wollte!

Lütken wird Nicolaus Beckmann außerordentlich gelobt. Nicht lange hernach kam er als Schreiber bei einem Oberjägermeister und Amtmann von Hadorff nach Bremerverden, wo er bis an das unglückliche Ende des von Hadorff geblieben, dessen Schriften er auch auf Verlangen der Stade'schen Regierung in Ordnung bringen mußte. Als man ihm vergebens dafür die Hoffnung zu einer baldigen Bedienung gemacht hatte, ging er wieder als Schreiber bei dem Oberhauptmann von Linstow nach Bruchhausen. Endlich erhielt er 1735 die Contributions- einnehmerbedienung in Hoya a. d. Weser*). 1736 vermälte er sich mit des Zollpächters Jobst Heinrich Gräffen in Hoya Witwe, welche jedoch schon im Jahre 1737 starb. Am 7. Febr. 1738 vermählte sich Nicolaus Beckmann mit Dorothea Magdalena Schüler, geboren 1718 zu Harbstädt, Tochter des ersten Predigers daselbst, Johann Schüler. Diese (die Mutter unseres Johann Beckmann) hat nach Aller Geständniß jederzeit das Lob gehabt, daß sie tugendhafter, gottesfürchtiger und sparsamer als ihre Geschwister gewesen; inzwischen ist ihr ganzes Leben eine Kette von Unglück, Gram, Noth und Verdruß ohne ihr Verschulden gewesen." Am 22. April 1738 fand die Vermählung der Eltern Beckmann's statt; bis 1744 ward die Ehe derselben „ein Muster einer nicht nur völlig friedfertigen, sondern auch ziemlich glück- lichen Ehe". Aber in diesem Jahre nahm die Schwachheit des Vaters zu: er sah sein Ende herannahen und als die Krank- heit etwas nachließ, zeigte er meiner Mutter, wie sie allen- falls nach seinem Tode seine Bedienungen beibehalten könnte, zu denen auch die Postverwalterschaft in Hoya und die Verwal- tung des ihm gehörigen, von ihm bewohnten adeligen freien Hofes (ohne Ackerland) gehörten. Als er aber fand, daß ihre Betrübniß keines Unterrichtes fähig war, verfaßte er alles Nöthige heimlich schriftlich und am 20. Jänner 1745 mußte er seinen Geist aufgeben. Sein Leben war 45 Jahre 3 Monate, wovon er

---

*) Hauptort der ehemaligen Grafschaft Hoya im Hannover'schen.

7 Jahre 3 Monate in der Ehe mit der Mutter zugebracht. Er hat den Ruhm eines rechtschaffenen, vernünftigen und christlichen Mannes bei allen hinterlassen."

„Eigennützige und unverständige Rathgeber zwangen die Witwe, bei der Regierung nachzusuchen, daß man ihr die Post= verwaltung lassen möchte und dies geschah auch zum Unglück der Familie. Wegen des geringen Salairs mußte die Mutter jährlich sehr viel zusetzen; der Hof verlangte oft und größere Reparaturen, die Kinder waren fast beständig wechselsweise krank, endlich kam der Krieg und alles dies verursachte, daß die Mittel der Familie daraufgingen. Zudem haben alle An= verwandten (denn ich kann zur Schande meiner Familie keine Ausnahme finden) der Mutter und ihren Kindern Aerger und unverantwortliche Kosten beständig gemacht, dahingegen die Mutter selbst durch Handarbeit Geld zu verdienen suchte. Die mehrsten der Anverwandten, wenigstens alle, die am nächsten von uns wohnten, erniederten sich täglich mehr und mehr durch ihre schlechte Aufführung oder unbesonnene Streiche, welches ein neuer Gram für die Mutter war, die den Kindern zum wenigsten gern das gute Ansehen, so wir bisher genossen, erhalten wollte. Ursachen genug ihres frühen Todes. Sie fiel von Jahr zu Jahr tiefer in die Schwindsucht."

Die Eltern Beckmann's hatten drei Kinder, unseren Johann Beckmann, geboren 1739 zu Hoya, zur Zeit des Todes des Vaters sechs Jahre alt, die damals vierjährige Anna Marie (geboren 1741 und am 23. Februar 1759 mit dem Kaufmann D'werhagen in Bremen verheiratet) und einen zweiten Sohn Nicolaus, geboren 1743.

Ueber den Tod seiner Mutter berichten wir mit Beck= mann's eigenen Worten: „Meine Schwester hielt eben in Barmen zum zweitenmale Wochen, mein Bruder war eben dahin aus der französischen Gefangenschaft gekommen und ich war erst vier Tage von der Universität zurück und also allein zu Hause, als unsere Mutter heftig krank wurde und nach sieben Tagen, nämlich den 20. April 1763, Nachts 2½ Uhr (nach 18jähriger Witwenschaft) starb. Wir fanden nach ihrem Tode einen Brief an uns drei Kinder von ihr, den sie, wie sie schreibt, in einer betrübten Stunde aufgesetzt hat. Sie meldet darin, daß sie ihr Ende vermuthe, daß sie es auch wünsche, um uns nicht alle Mittel zu verzehren, die sie ungeachtet aller möglichen Unfälle zu erhalten gesucht; sie versichert, daß wir Kinder ihr nie Aerger und Verdruß gemacht und bittet uns unter Anwünschung alles Guten, uns unter einander zu lieben. Wir fanden diesen Brief, als wir alle drei beschäftigt waren, unsere wenigen Sachen auseinander zu setzen und es vermehrte die Betrübniß über den Verlust der zärtlichsten Mutter, die ihr Leben wegen beständigen Grames nur bis in's 44. Jahr gebracht hatte. Wir Kinder theilten uns in die wenigen übrigbleibenden Sachen ohne den geringsten Zank und ohne alle fremde Beihilfe, obgleich meine Schwester verheiratet war." Der von ihm selbst verfaßten Biographie Beckmann's ist noch zu entnehmen, daß seine Schwester in Allem, „was ein Frauenzimmer von Arbeiten wissen muß unterrichtet wurde, und später mit dem ansehnlichen Kaufmann D'werhagen in einer vergnügten und fruchtbaren Ehe lebte". Seine Mittheilungen über seinen Bruder Nicolaus sind sehr kärglich; dagegen verbreitet er sich auf's Umständlichste über seine Vorfahren. Es gelang seinen eingehenden Studien über die Geschichte der Familie, seinen Stammbaum bis in's fünfte Glied, d. i. bis zum Großvater seines Urgroßvaters, zu verfolgen. Dieser Stammbaum bildet auch den Schluß jener Schrift, die eine unverkennbare Theilnahme für seine Familientraditionen und das Geschick Beckmann's für Genealogie erkennen läßt.

Das Kirchenbuch der evangelisch-lutherischen Gemeinde zu Hoya enthält, wie mir der dortige Pastor mittheilt, folgende auf unseren Beckmann bezügliche Stelle: „Junius 5, 1739. Bapticatus Johann Beckmann, filius Herrn Contributions-Einnehmer Nicolai Beckmann, ex baptismo suscepit Herr Rechenmeister Heinrich Jürgen Sieners."

Den ersten Unterricht erhielt Johann Beckmann bei seiner fleißigen und klugen Mutter, welche überhaupt nichts unterließ, was nach ihrer Auffassung die Erziehung ihrer Kinder zu einer guten machen konnte. So namentlich verdankt der Knabe Beckmann die Anfangsgründe der Rechenkunst seiner Mutter.

Er wurde in eine öffentliche, kleine lateinische Schule in Hoya geschickt; später ließ man ihm Privatunterricht geben und zwar durch den Candidaten Holzhausen, welcher Hauslehrer bei dem Kornschreiber Leporin war.

Nach einer von Erxleben reproducirten Mittheilung Beckmann's, war dieser in seinen Knabenjahren schwächlich und kränkelte beständig; er „beklagte dies weniger seinetwegen, als deswegen, weil er dadurch seiner ohnehin bedrängten Mutter neuen Kummer verursachte". Beckmann erzählt, daß er „seinem Vater darin nachgeahmt habe, Ohnmachten zu haben und daß fast kein Frühjahr vorüberging, in dem er nicht brustkrank gewesen". Seine Mutter habe ihn zwei Jahre den Selterser Brunnen und zwei Jahre die Molkenkur gebrauchen lassen. Diese Kränklichkeit hat sich jedoch in den Jünglingsjahren gänzlich verloren; im Gegentheile genoß Beckmann eine feste Gesundheit und sein Körper wurde kraftvoll und widerstandsfähig.

Beckmann's Vater hatte schon die Absicht gehabt, den Knaben studiren zu lassen. Nach dem Tode seines Vaters strebte die Witwe auch in dieser Beziehung, die Vollstreckerin der Wünsche ihres verewigten Gatten zu sein und machte alle Anstrengungen, ihrem Sohne das theologische Studium zu ermöglichen. Keineswegs nahm sie jedoch einen drängenden

Einfluß auf die Berufswahl ihres Sohnes. Dieser selbst hatte große Lust zum theologischen Studium gezeigt, und begann seine Vorbereitungen hiefür mit historischen Studien, wozu ihm die von seinem Vater hinterlassene Bibliothek werthvolle Gelegenheit bot. Schon im Alter von 12—15 Jahren beschäftigte er sich aus eigenem Antriebe mehr oder weniger selbstständig mit Lectüre, mit dem Excerpiren von Büchern, mit dem Entwurfe seiner Familienhistorie, ja er fing sogar an „Predigten zu machen und Bücher zu schreiben".

Im Jahre 1754, also 15 Jahre alt, übergab ihn seine Mutter dem Gymnasium zu Stade, das damals unter der Leitung des Rectors Gehle gestanden. Es ist zweifellos, daß insbesondere der Einfluß dieses Mannes die angeborene Strebsamkeit Beckmann's pflegte und aneuerte.

Er hat sich in Stade durch großen Fleiß und auffallende Fortschritte ausgezeichnet und selbst im vorgerückten Alter sowohl der Schule als namentlich dem Rector Gehle eine dankbare Erinnerung geweiht. Der nur um acht Monate ältere Erxleben war mit Beckmann durch innigste Kameradschaft verknüpft und beide litten unter der Trennung, welche während der Lernzeit an der Mittelschule stattfinden mußte, da Erxleben das Pädagogium zu Ilfeld bezogen hatte.

Die beiden Genossen fanden sich aber später wieder auf der Universität Göttingen zusammen, wo Erxleben zu Michaelis 1758, Beckmann aber zu Ostern 1759 die Hochschulstudien begann. Beckmann brachte auf die Universität eine tüchtige Vorbereitung mit, welche sich ganz naturgemäß auf die humanistische Richtung beschränkte.

Aus der Studienzeit zu Stade ist noch kein Symptom der Vorliebe für die realen Fächer zu verzeichnen*); da-

---

*) Im Jahre 1756 nahm Beckmann Privatunterricht im Zeichnen, welchen er von seinem wenigen und sauer verdienten Ebergelde bezahlte. Dieser Unterricht hörte bald wieder auf, dagegen begann Beckmann französisch zu lernen.

gegen besitzen wir eine Nachricht über einen poetischen Versuch Beckmann's, welcher jedoch nach seiner eigenen Versicherung nicht der erste war. In einem Verzeichnisse der Beckmann'schen Jugendarbeiten lesen wir folgende Notiz darüber: „Als ich in Stade Gelegenheit erhielt, mehr poetische Schriften und einige Anleitung zur Poesie zu lesen, folgte ich meiner Liebe zu diesen Arbeiten, der ich schon in Hoya vor Anfang meiner Studien den wilden Zügel hatte schießen lassen. Weil ich nun damals der einzige unter meinen Mitschülern war, der sich darin übte, so war dies die Ursache, warum das dritte Stück meiner Stade'schen Arbeiten gedruckt wurde." Es war dies „ein Trauergedicht auf das Ableben des Herrn Johann Friedrich Adler, Conrector des Stade'schen Gymnasii im Namen der sämmtlichen Tertianer am 8. März 1757"*).

Kurz nach dem Eintreffen in Göttingen verfaßte Beckmann eine Ode auf die Hochzeit seiner Schwester**), welche gleichfalls gedruckt wurde, aber nicht erhalten zu sein scheint.

Auf der Universität hörte Beckmann in der ersten Zeit theologische Vorlesungen und ließ sich, wie es scheint, durch die kriegerischen Ereignisse, von denen auch Göttingen nicht unberührt blieb, wenig ablenken. Er bestieg sogar einmal in der Universitätskirche die Kanzel, mag jedoch durch den Erfolg seiner Rede nicht sehr befriedigt worden sein, denn, obgleich er sich seiner Aufgabe, wie Erxleben behauptet, „mit Frei-

---

*) Im September 1757 flüchtete Beckmann mit der Familie des Rectors vor den Franzosen nach Hamburg und blieb dort vier Wochen. Der dortige Aufenthalt wirkte sehr anregend auf den jungen Studiosus.

**) Ein Jahr später 1760 hatte Beckmann noch einmal Veranlassung, den Pegasus zu besteigen, gelegentlich des Hochzeitsfestes der Schwester eines Collegen aus der Stade'schen Schulzeit, R. F. Karstens. Er mußte diesem einen Glückwunsch zur Vermählung seiner Schwester verfassen, welchen Karstens unter seinem eigenen Namen zum Besten gab. Beckmann glaubte diesem Ansinnen entsprechen zu müssen, da er bei den Verwandten seines Collegen in Stade „viele Freundschaft genossen hatte".

müthigkeit und Anstand entledigte", stand er doch von ferneren Versuchen auf dem Gebiete der Kanzelberedsamkeit ab, verließ sogar die theologische Richtung und studirte von nun an Physik, Mathematik, Naturlehre und Cameralwissenschaften. Es scheint, als ob diese Aenderung in der Berufswahl seitens seiner Mutter keinerlei Mißbilligung erfahren hätte*).

Schon im Jahr 1761 findet man eine Spur des neu eingeschlagenen Weges. In den „hannöverischen Beiträgen zum Nutzen und Vergnügen" Stück 69, 70 und 1762 Stück 45, 46 und 47 ist die Uebersetzung und weitere Ausführung einer lateinischen Abhandlung über die Geschichte des Goldes bei den Alten abgedruckt, welche Beckmann als seine erste Arbeit im Seminario philologico in Gegenwart des Hofrathes Gesner vorgelesen hatte. In demselben Journale im 91. Stücke des Jahrganges 1761 ist eine von Beckmann verfaßte Uebertragung einer Abhandlung aus dem englischen Journale „History of the works of the learned", betreffend die Erfindung der Magnetnadel, enthalten.

Der Aufenthalt Beckmann's in Göttingen schloß mit Ostern 1762.

Das letzte Halbjahr bewohnte er mit Erxleben dieselbe Stube und dadurch wurde dies Freundschaftsbündniß, welches für das ganze Leben geschlossen war, nur noch fester geknüpft. Selbst die nun eintretende dauernde Trennung der Freunde

---

*) Unter den noch erhaltenen Documenten aus dem Nachlasse Beckmann's finden sich vier Zeugnisse vor, welche sich gleich rühmlich über ihn aussprechen. Es sind dies lateinische Atteste; — zwei Stück über theologische Fächer, datirt 1759, von Prof. Walch; eines über hebräische Sprache und reine Mathematik von Andr. Georg Wähner, gleichfalls vom Jahre 1759; endlich eines von dem Philologen Prof. Michaelis, aus dem hervorgeht, daß Beckmann 1762 auch dem philologischen Seminar angehörte.

vermochte dasselbe nicht zu lockern und der auch von uns vielfach
benützte Nekrolog Erxlebens auf Beckmann gibt ein rührendes
Zeugniß von der Dauerhaftigkeit dieser Beziehungen. Es könnten
sehr viele Argumente für die Behauptung angeführt werden,
daß Beckmann einen sehr entwickelten Sinn für **Freundschaft
und collegiale Beziehungen** hatte. Beckmann fühlte sich
zu anderen Männern von Bedeutung selbst bei Verschiedenheit
des Alters, Temperamentes, der Berufsrichtung und Neigungen
hingezogen. Er gehörte zu den beneidenswerthen Menschen,
denen der Genius der Freundschaft bis an's Lebensende zur
Seite steht. Seine Gerechtigkeitsliebe und seine Bescheidenheit,
der Eifer, die Leistungen anderer anzuerkennen, seine Bereit=
willigkeit, Dienste zu leisten, ohne Gegendienste in Anspruch zu
nehmen, die penible Sorgfalt, gewonnene Beziehungen zu
pflegen, wozu auch sein Eifer im Führen von Correspondenzen
gehört; — alles dies machte ihn liebenswürdig und beliebt.
Die noch vorhandenen Briefe einer Reihe hervorragender Zeit=
genossen legen beredtes Zeugniß dafür ab, wie sehr es Beck=
mann verstand und verdiente, Freunde zu erwerben und sich
zu erhalten. Dies erklärt auch zum Theil die Raschheit seiner
Carrière, die vielen Erfolge seiner Unternehmungen, die große
Zahl der ihm zu Theil gewordenen Anerkennungen und Aus=
zeichnungen.

Nach beendigter Studienzeit reiste Beckmann in Gesell=
schaft Erxlebens und des gemeinschaftlichen Freundes der bei=
den, des nachmaligen Brunnenarztes in Rehburg, Dr. Olden=
burg, nach Hoya zu seiner Familie zurück.

Im Sommer des Jahres 1762 machte Beckmann eine
Reise in's **Braunschweig'sche**, besuchte seinen Onkel, den
Bürgermeister und Landescommissär Johann Schüler in
Schöppenstädt, und hielt sich in Helmstädt, Wolfenbüttel,
Braunschweig u. s. w. auf, besah Bibliotheken, Naturalien=
sammlungen, Fabriken und wußte die Bekanntschaft von Ge=

lehrten, unter diesen besonders die von Jerusalem zu machen. Beckmann führte über diese Reise, sowie über alle späteren, kleineren und größeren ein Tagebuch mit der minutiösesten Genauigkeit. Er verzeichnet in demselben nicht nur mit Pedanterie Abfahrts- und Ankunftszeiten, Fahrgelegenheiten und deren Besitzer, die gewählte Reiseroute, ob Heerstraße oder Feldweg, die eingenommenen Imbisse*), alle Ausgaben auf Heller und Pfennig, beschreibt Gegenstände und Personen, notirt Mittheilungen, die ihm dieser oder jener machte, schildert seine eigenen Eindrücke und Wahrnehmungen mit der größten Ausführlichkeit, gibt mit einem Worte über Alles und Jedes Rechenschaft. Die Schilderung dieser seiner ersten Reise, welche vom 14. August bis 17. September, also beiläufig einen Monat in Anspruch nahm, umfaßt 37 eng geschriebene Seiten und gibt über die Verwendung jeder Stunde genauesten Aufschluß. Dieselbe Praxis befolgte er auch bei allen seinen späteren Reisen. Sämmtliche Reisetagebücher sind noch erhalten und die Lectüre derselben wäre eine ungetrübte Quelle des Vergnügens, wenn nicht Beckmann's von Jahr zu Jahr weniger leserlich werdende Handschrift diese Lectüre sehr erschweren möchte.

Schon in dieser ersten Reisebeschreibung bemerken wir, daß Beckmann Fabriks- und Gewerbsunternehmungen als „Sehenswürdigkeiten" auffaßte. Er unterläßt niemals, die zu jener Zeit noch sporadisch auftauchenden Industrie-Etablissements, landwirthschaftliche, technische und Montaneinrichtungen zu besuchen und sich auf das Sorgfältigste zu informiren. Auf der in Rede stehenden Reise hatte Beckmann Gelegenheit, die Fabriken von irdenen Gefäßen zu Burg-

---

*) Sogar jedes Butterbrot. Beckmann consumirte mit Vorliebe Butterbrod.

dorf, die Salpeterplantagen in Schöppenstädt u. a. m. zu besichtigen.

Seine Schilderungen von Persönlichkeiten sind manchmal sehr treffend und concentriren sich auf die Haupteigenthümlichkeiten der besprochenen Individuen. So sagt er beispielsweise über den Begründer der Salpeterproduction im Braunschweigischen, Dr. Johann Pietsch, Folgendes: „Ich habe das Vergnügen gehabt, diesen Mann kennen zu lernen, er ist, wie man sagt, in Gesellschaften ein sans façon, besitzt aber nebst vielen vortrefflichen moralischen Eigenschaften eine starke Kenntniß der Naturlehre, worauf er sich beständig mehr gelegt als auf die Praxis medicum. Der Hof ist hierauf aufmerksam geworden, gab ihm den Titel als Hofmedicus und Director des Salpeterwesens."

In ähnlicher Weise kennzeichnet er den Director der Sammlungen des „Carolinums", Hofrath Oeder, den Pastor Knittel, welcher auf der Bibliothek in Wolfenbüttel ein Bruchstück vom „Ulphila" auffand, die Gelehrten Spieß und andere Persönlichkeiten, welche er kennen lernte; auch gibt er Nachricht über Personen, denen er nur von weitem begegnete, wie z. B. vom Herzog Karl von Braunschweig, dem damaligen Regenten des Landes, den er bei der Aufführung einer italienischen Oper sah. Auch hält er mit seinem Urtheil über die Bevölkerung von Städten und Bezirken nicht zurück und behauptet unter Anderem, daß die Braunschweigischen Bürger „viele Unhöflichkeiten in hohem Grade besitzen".

In der Wiedergabe von artigen Geschichten und Anekdoten spart er weder Mühe noch Raum, auch wenn sie mit seiner Berufs- und Studienrichtung in keinem Zusammenhange stehen. In seiner Reisebeschreibung spiegelt sich der damals in höchster Blüthe stehende Klatsch ab und was bei einem jungen Gelehrten von solcher Bedeutung wie Beckmann uns doppelt auffallen muß, das „time is money" scheint ihm noch nicht sehr zu Herzen zu gehen. Die Pedanterie seiner Schilderungen und Aufzeichnungen und seine Redseligkeit in einem Alter von 23 Jahren — sind ganz eigenthümlich. Die Beschreibung von Curiosa in den Bibliotheken, Museen, Bildergallerien, Kirchen, Schlössern u. s. w. würde einem „Bädecker" Ehre machen.

Beckmann zeigt Sinn nicht nur für das Sammeln von Daten von bibliographischem Werthe, von archäologischen Notizen, sondern er erweist sich auch als ein Freund der Musik und der Malerei. Was man aber vermißt, ist der Sinn für Naturschönheiten. Ein einziges Mal spricht Beckmann mit einiger Lebhaftigkeit von einem Regenbogen, der auf ihn, wie es scheint, einen mächtigen Eindruck gemacht hat. Sonst findet man nie und nirgends Schilderungen von Naturscenerien, an denen ja selbst das Gebiet dieser ersten Reise nicht ganz arm ist.

Das wichtigste Ergebniß seiner Reise dürften für ihn wohl die Petrefaktenfunde gewesen sein, welche wohl den Grundstock seiner Naturaliensammlungen bildeten.

Noch im Herbste des Jahres 1762 unternahm Beckmann eine zweite, aber weitere Reise nach Osnabrück, Utrecht, Narden, Rotterdam, Amsterdam, Leyden, Delft, Ryswick, Haag. Die Naturaliensammlungen des vormaligen Erbstatthalters boten ihm eine Menge für ihn neuer Thiere und Mineralien aus Ost- und Westindien, eine große Sammlung von Gold- und Silberstufen u. s. w. Seine Rückreise nahm er über Franeker, Gröningen, Emden, Oldenburg, Bremen.

Die Reise nahm im Ganzen einen Monat in Anspruch. Sie gab in technologischer Beziehung dem in dieser Richtung stets aufmerksamer werdenden Beckmann reiches Material. Abgesehen von der mineralogischen Rohproduction, für welche die Steinkohlenbaue bei Osnabrück, das Salzwerk in der Nähe

der Stadt Reine, die Mühl= und Schleifsteinbrüche bei Bent=
heim Beispiele abgeben, waren es insbesondere fünf Industrie=
branchen, die Beckmann zu studiren Gelegenheit hatte:

1. Die Tabaktrocknungsanstalten, welche bekannt=
lich in Holland zahlreich genug sind. Beckmann, der in seinen
Schriften häufiger, als es wohl berechtigt ist, den Schnupf=
tabak als Exempel anführt und damit ein vielleicht damals
nicht ungewöhnliches Interesse für dieses Fabricat bekundet, konnte
diese Tabaktrocknungsanstalten gewiß nicht unbesehen sein lassen.

2. Die Windmühlen, welche bekanntlich seit Jahrhun=
derten zu den charakteristischen Merkmalen einer holländischen
Landschaft gehören.

3. Die Metallwaarenerzeugung, die Kanonen=
gießerei und das Schmieden von großen Ankern
geben Beckmann zu einem längeren Capitel in seiner Reise=
beschreibung Anlaß. Ganz besonders interessirt ihn die primitive
Festigkeitsprobe, die mit den Ankern vorgenommen wird.

4. Ganz ausführliche und recht gelungene Schilderungen
von zwei Fabriken der keramischen Richtung machen dem zu=
künftigen Begründer der Technologie alle Ehre. Es sind dies
die Beschreibungen einer der 300 Pfeifenfabriken zu Gouda
und einer Porcellanfabrik zu Delft*).

---

*) Als Proben seien hier diese beiden Schilderungen wörtlich
mitgetheilt. „Daß Gouda der Ort ist, wo die vielen Pfeiffen Fabriken
ganz Teutschland versorgen, ist bekannt. Ich ging in eine, worin 18
Männer und ungefähr 24 Weiber arbeiteten. Solcher Fabriken, die
jeder Bürger anlegen kann, sind jetzt über 300, wiewohl ehemals über
500 gewesen. Man kann daraus sehen, wie viele Leute an diesen Fa=
briken ihr Brod finden. Der Thon dazu kömmt aus dem Lüttich'schen,
sonderlich von Maaßricht. Er wird erst gemahlet und gewaschen. Zuerst
wird er mit den Händen länglicht gerollet, darauf von anderen in
eine längliche messingerne Form gedrückt. Alsdann ziehen andere einen
messingernen Faden dadurch und der Kopf wird mit einem anderen In=
strument, in welches auch der Faden passen muß, von der anderen Seite

5. Die Besichtigung einer Tuchfabrik in Leyden wird nur durch eine kleine Notiz erwähnt.

geformt. Alsdann schneiden alte Weiber das überflüssige von den Köpfen weg, und andere von ihnen poliren diese noch weichen Pfeiffen mit einem Zahne, zeichnen sie am Kopfe mit einer Marke und tragen auf die, welche glasurt werden sollen, die Composition dazu hinauf. Alsdann werden sie in irdene Tiegel gethan, und zwar so, daß sie darin um einen irdenen Cylinder schräge herum gesetzt werden. In diesem Tiegel werden sie in den Ofen gesetzt. Das Einpacken geschieht in großen Kisten, in welchen sie horizontal liegen, und zwar so, daß ein stratum Hülsen von Buchwaitzen und ein stratum von Pfeiffen abwechseln. Wenn sie auf diese Art eingepackt sind, können sie alle Ungemächlichkeiten der Reise aushalten. Es sind zuweilen einige Deutsche gewesen, die hier das Pfeiffen machen völlig gelernt, die aber hernach in ihrem Vaterlande wirklich auf eben dem Fuße Fabriken angelegt haben, dadurch die Goudaner gegen Fremde mißtrauisch geworden. Diese fruchtbaren Pfeiffen-Fabriken machen, daß die Pfeiffen in Holland fast gar keinen Werth haben. Man bezahlt sie nie an öffentlichen Orten, z. B. in Weinhäusern, gesetzt man zerbräche auch 6, denn solche Kleinigkeit wird mit zum Gewinn gerechnet." — „Die Delfter Porzellan-Fabriken verdienen die Aufmerksamkeit der Reisenden. Man nennt sie hier Batill-bakery und jeder Bürger kann sie anlegen. Ich besah die größte. Der Thon kommt aus ——? Es wird derselbe erst gemahlet. Man hat nämlich einen aufrecht stehenden hölzernen Cylinder, in welchem ein anderer soliderer Cylinder, der mit Messern besetzt ist, von einem Pferde herumgetrieben wird. Der feuchte Thon wird oben hineingethan, und auf die Art zu einem feinen Brey gemahlet. Hernach wird er gewaschen und alsdann auf einem gemeinen Töpfer-Stuhle zu Gefäßen gebildet. Selbige werden anfänglich in einem Ofen von schwacher Hitze etwas getrocknet. Darauf müssen einige mit Kohlenstaub durch ein nach den Figuren durchgestochenes Papier die Zeichnung hinaufbringen, so wie sich das Frauenzimmer die Figuren auf Leinwand vorzeichnet. Nachdem mahlen wieder andere die bunten Farben für die Figuren völlig aus. Wenn selbige trocken geworden, werden die Gefäße nach einer Composition von Bleiweiß besprenget, alsdann werden sie in einem glühenden Ofen geschoben, in welchem sie völlig glühend werden müssen, da dann die aufgesprengte Composition schmelzet und sich überall ausbreitet, auf die Art die Glasur gibt."

Exner: J. Beckmann.

Beckmann wünschte auch die nähere Bekanntschaft des um die Geschichte des Papiers verdienten Meermann in Rotterdam zu machen*), was ihm jedoch nicht gelang.

Im Uebrigen dürfte die Charakteristik seiner ersten Reisebeschreibung auch auf das Tagebuch, das er bei seiner holländischen Reise führte, passen. Soviel ist gewiß, daß die holländische Reise sehr viel dazu beitrug, Beckmann jene praktische Richtung zu verleihen, die ihn auszeichnet und seine Tendenz zu entwickeln, die Büchergelehrsamkeit durch die lebendige Wahrnehmung zu ergänzen.

Am Weihnachtsabend 1762 traf Beckmann wieder in Hoya ein, noch ungewiß darüber, was er beginnen sollte, um in eine Laufbahn zu gelangen.

Die nun folgenden literarischen Arbeiten zeigen, wie nahe Beckmann der Gefahr war, sich in eine Art Gelehrtenbummelei zu verlieren. Am Beginne des Jahres 1763 verfaßte er eine Beantwortung der Frage, woher die Redensart „Stein und Bein schwören" entstanden sein mag. (Im 20. Stücke des „Hannover'schen Magazines".) In derselben Zeitschrift ließ er eine Abhandlung „die Selbsterkenntniß" drucken, welche, wie er sagt, durch die Bewunderung, welche sein Bruder der „hohen Schreibart" entgegenbrachte, veranlaßt wurde. Auch fällt noch in dieses Jahr eine Studie „über den Ursprung der Astrologie" (??), welche allerdings nicht mehr in Hoya geschrieben wurde, sondern schon in Petersburg, dem neuen Schauplatz seiner Thätigkeit.

Kurz vor dem im Frühling jenes Jahres erfolgten Tode seiner Mutter erhielt Beckmann ganz unerwartet von Dr. Anton Friedrich Büsching den Ruf als Lehrer der Mathematik, Physik und Naturgeschichte an das von dem Genannten errichtete lutherische St. Peter-Gymnasium

---

*) Göttinger gelehrte Anzeigen, 1762, Stück 41.

in St. Petersburg. Ein unerbittliches Schicksal hatte ihm seine Mutter entrissen, der Aufenthalt in Hoya war ihm also ohnehin verleidet, seine Schwester war bereits verheiratet und bedurfte seiner nicht mehr, sein Bruder Nicolaus Beckmann*) hatte die Postverwaltung, die seine Mutter hinterließ, angetreten. Die von Büsching gestellten Bedingungen schienen annehmbar. Zu all dem noch der lebhafte Wunsch, fremde Länder kennen zu lernen und der Entschluß war gefaßt, den Vorschlag Büsching's anzunehmen.

Schon in den ersten Tagen des Monats Juni 1763 reiste Beckmann von Hoya über Hamburg nach Lübeck und

---

*) Nicolaus Beckmann, geboren 1743 am 14. April, wurde nach dem Tode seiner Mutter Postverwalter, gab aber im Jahre 1766 diese Stelle wieder auf, ging um Michaelis des genannten Jahres nach Göttingen und studirte unter Leitung seines eben als Professor daselbst angestellten Bruders Mathematik und Wasserbaukunst, bereisete in ähnlicher Absicht auf Befehl und mit Unterstützung der damaligen königl. Landesregierung in den Jahren 1770 und 1771 Holland, England und Deutschland, wurde nach seiner Zurückkunft 1771 als Deich-Conducteur zu Wilhelmsburg angestellt, nicht lange nachher zum Deich-Inspector und endlich zum Oberdeichgrafen zu Haarburg ernannt. Er verheiratete sich mit einer Tochter des Oberdeichgrafen Bartels, ward früh Witwer und starb am 25. Juli 1786 mit Hinterlassung eines Sohnes und einer Tochter. Der Oberdeichgraf Beckmann machte sich auch als Schriftsteller rühmlich bekannt. Seine Schriften sind:

1. Grundriß zur Kenntniß und Verbesserung der Flüsse und Ströme.

2. Entwurf zu einer neuen Deichordnung.

3. Uebersetzung der Preisschrift der Amsterdamer ökonom. Gesellschaft: Ueber die Schädlichkeit und Ausrottung des Equiseti oder Duwocks.

4. Von der auf den Dörfern in Niedersachsen zu bewirkenden Reinlichkeit in der Haushaltung der Landleute. Preisschrift der Societ. d. Wiss. zu Göttingen.

2 und 3 erschienen in den „Beiträgen zur Oekonomie, Technologie u. s. w."

von letzterer Stadt zu Schiff nach Petersburg. Seine Reise ging glücklich von Statten und er war auch mit dem Anfang seiner Berufsthätigkeit in Petersburg zufrieden.

Ein intimes Freundschaftsverhältniß entwickelte sich dort mit August Ludwig Schlözer, welches nicht nur für die spätere Zeit seines Aufenthaltes in Petersburg, sondern vielmehr für sein ganzes Leben von Bedeutung wurde. Ein glücklicher Zufall fügte es nämlich, daß Schlözer später ebenfalls Professor in Göttingen wurde und daß die Verwandtschaft der Fachrichtungen Schlözer's und Beckmann's, sowie das sittliche Gepräge ihrer Charaktere ein fortwährendes Zusammenwirken, ein gegenseitiges Ergänzen möglich machten. In der Autobiographie Schlözer's (Göttingen 1802) ist an vielen Stellen die Rede von Beckmann, den er kurz mit dem Buchstaben „B." bezeichnet.

Der Aufenthalt Beckmann's in Rußland dauerte nur zwei Jahre. Im Juli 1765 verließ er St. Petersburg und wendete seine Ersparnisse daran, um zunächst eine große Reise, die mehr als ein Jahr in Anspruch nahm, zu unternehmen.

Das Jahr 1764 war überaus reich an literarischer Production. Diese erstreckte sich fast ausschließlich auf naturwissenschaftliche Themata, z. B. meteorologische Beobachtungen, die in Petersburg angestellt wurden, Materialien zur Naturhystorie der Alten; Bücheranzeigen und Auszüge u. s. w. Die Mehrzahl dieser Arbeiten wurde in den von Dr. Büsching herausgegebenen „Gelehrten Nachrichten von und aus Rußland" und im „Hannöver'schen Magazin" abgedruckt.

Die oben angedeutete Reise erstreckte sich auf Schweden und Dänemark. Den größten Theil der Zeit, fast ein ganzes Jahr, brachte Beckmann in Schweden zu, wo er Linné's Unterricht und Umgang benützte, um seine botanischen Kenntnisse zu erweitern, und die schwedische Montanindustrie zu studiren. Er hatte das Glück die ganze Neigung

Linné's, des einflußreichen Gelehrten zu gewinnen. Dieser
lancirte ihn nach allen Richtungen. Auch diese Beziehung
Beckmann's gestaltete sich zu einer für das ganze Leben.

Ueber den Aufenthalt in Rußland sind nur lückenhafte
Aufzeichnungen vorhanden: Beckmann selbst erklärt dies damit:
„Die große Gefahr, wegen des Argwohns der russischen Nation,
wegen der wunderbaren Veränderungen in Petersburg und
wegen der starken und scharfen Durchsuchung aller Sachen auf
dem Zolle hat mich zu furchtsam gemacht, um ein ordentliches
und ununterbrochenes Journal zu führen. Ich habe aber nichts-
destoweniger einige Dinge angemerkt: die ich nach meiner Rück-
kunft in Deutschland zusammengesucht und durchgesehen habe."
Dies der Beginn einer größeren Arbeit, welche jedoch unvoll-
endet blieb und nur die Beschreibung einer Reise von St. Petersburg nach Oranienbaum zu Pfingsten 1765 enthält.

Von der schwedischen Reise hingegen liegt ein 340 Seiten
starker Band sammt Index vor, aus dem wir das für die
Entwickelung des zukünftigen Technologen Bemerkenswertheste
entnehmen.

Beckmann lernte außer Linné eine Reihe von tüchtigen
Fachleuten in den Naturwissenschaften, namentlich in der Mineralogie und Metallurgie kennen. Er besuchte die Erzbergbaue zu
Sala und Norrberg, die Kupfererzbaue und die Montan-
werke zu Falun, „der Residenz des Vulkan", die Messing-
fabrik zu Biurfors, welche von ihm eine vortreffliche Schilderung erfährt, die Münze zu Alfvestad, die kleine Fabrik
von Ordensbändern im chinesischen Dörfchen bei Drottningholm, eine Tuchfabrik in Barenenge, zunächst
Stockholm, eine der Stockholmer Zuckerraffinerien,
von welcher er eine gleichfalls treffliche Beschreibung liefert u. s. w.

Das Jahr 1765 ist in literarischer Beziehung, wenn
man von der ungedruckten Reisebeschreibung absieht, ein
wenig fruchtbares. Beckmann verzeichnet nur einen Artikel im

"Hannöver'schen Magazin" über die meteorologischen Beobachtungen von Barnaul in Sibirien*).

Im Jahre 1766 schrieb Beckmann eine polemische Abhandlung über ein insectologisches Thema u. zw. während seines Aufenthaltes in Upsala. Seinem Reisetagebuche entnahm er die Schilderung der königl. Lustschlösser Drottningholm und Ulrichsthal und ließ sie im "Hannöver'schen Magazin" drucken.

Im Jahre 1766 reiste Beckmann über Helsingborg und den Sund nach Helsingör und Kopenhagen, wo er sich eine Zeitlang aufhielt. Von dort aus ging er zur See nach Travemünde. In Lübeck blieb er drei Wochen und studirte auch hier, sowie in Dänemark vor Allem die Naturaliensammlungen. Von Lübeck nahm er seinen Weg nach Hamburg und Altona, fand daselbst Anton Friedrich Büsching, besuchte akademische Freunde und reiste von da über Stade nach Bremen zu seiner Schwester, bei der er Ende des Monates August 1766 anlangte.

Nachdem er sich etwa sechs Wochen in Bremen von seinen langen Reisen ausgeruht, aber auch eine Reise nach Hannover gemacht hatte, wurde er zum außerordentlichen Professor der Philosophie zu Göttingen ernannt, begab sich auch sofort dahin, kam am 14. October des eben genannten Jahres dort an, wurde am 22. desselben beeidigt und eröffnete am 30. October seine Vorlesungen.

Damit beginnt die schon weiter oben charakterisirte akademische Lehrthätigkeit Beckmann's, welche bis zu seinem Tode ununterbrochen nahezu ein halbes Jahrhundert andauerte.

Gleichzeitig erschien das erste größere Werk Beckmann's, dessen Manuscript Schlözer von Petersburg nach Deutschland

---

* Diese Abhandlung ist die letzte Petersburger Arbeit.

mitgenommen hatte, um einen Verleger zu suchen. Es war dies ein Buch über die Naturgeschichte der Alten, welches während des Aufenthaltes Beckmann's in Rußland entstanden war, und der Vorliebe Beckmann's für die Naturwissenschaften und zur Philologie in gleichem Maße Rechnung trug. Beckmann führte sich durch dieses Werk in den Göttinger Gelehrtenkreis auf das vortheilhafteste ein, theilte aber doch auch mit ihm das Schicksal, von einem leidenschaftlichen Widersacher der Göttingen'schen Gelehrten-Republik angegriffen zu werden*).

Schon im April des Jahres 1767 gründete sich Beckmann einen häuslichen Herd, indem er sich mit der Witwe des Professors Hollmann, Sofie Louise Karoline Schlosser, Tochter des ersten Predigers der lutherischen Gemeinde in Kassel, verehelichte.

Die nun folgenden Jahre waren der Verarbeitung des namentlich auf seiner schwedischen Reise gesammelten Materiales gewidmet. Die Früchte des Umganges mit Linné wirken nun nach und sind in der literarischen Thätigkeit Beckmann's noch im Jahre 1775 wahrzunehmen.

Von der Pflege der Naturwissenschaften, namentlich der Botanik wurde er durch seinen Hang zur Anwendung der Wissenschaften in der Praxis des Lebens zunächst auf die Landwirthschaft hinübergeleitet. Von 1767 angefangen las er bereits die „ökonomischen Wissenschaften"; veröffentlichte im Jahre 1769 seine „Grundsätze der deutschen Landwirthschaft" und verdankt diesem Werk seine Beförderung zum Professor ordinarius oeconom. im Jahre 1770.

---

*) Professor Klotze hatte, wie Beckmann berichtet, „einen unauslöschlichen Haß auf Göttingen geworfen, weil man ihn nicht durch Titel und höheren Gehalt in Göttingen zu behalten gesucht, sondern nach Halle hatte ziehen lassen." Die von ihm herausgegebenen „Halle'sche neuen Gelehrten-Zeitungen" strotzen von Angriffen auf Göttinger Professoren und nahmen auch Beckmann's größeres Erstlingswerk hart mit.

Im Jahre 1771 wurde ihm ein Zwillingspaar geboren ein Sohn und eine Tochter, die einzigen Kinder, die aus der Beckmann'schen Ehe hervorgingen*).

Der augenscheinliche Erfolg, welchen Beckmann durch die Anwendung der Naturwissenschaften auf die Rohproduction organischer Richtung erzielte, mochte in ihm wohl den Plan reifen, seine Sachkenntniß in den Naturwissenschaften, in der Mathematik und Mechanik auch bei einer Beschreibung, beziehungsweise Erklärung der mechanischen Vorgänge in den Gewerben zu verwerthen. Das, was man auch heute noch als theoretische Grundlage der Technologie auffassen muß, Mathematik, Mechanik, Physik, Chemie, Methode der Naturforschung, Zeichnen u. s. w., das alles stand Beckmann in ungewöhnlichem Maße zur Verfügung. Dazu kam noch, daß ihm seine Sprachenkenntniß die fremde zeitgenössische Literatur erschloß und den Inhalt der Journale zugänglich machte und endlich, daß die auf seinen Reisen gewonnenen Eindrücke, insbesondere der Besuch der Fabriken ihm eine ganz respectable Vertrautheit mit dem damaligen Zustande der Gewerbe und Industrien verliehen. So errichtete Beckmann in den Jahren 1770—1777 sein Lehrgebäude der Technologie, dessen Plan in seiner „Anleitung zur Technologie 1777"

---

*) Der Taufpathe seines Sohnes Julius Pütter lenkte denselben in die juridische Carrière. Merkwürdig ist indeß, daß sich die Liebe zu den Naturwissenschaften auf den Sohn Beckmann's vererbte und denselben so sehr von der Juristerei ablenkte, daß das von seinem Vater ererbte Vermögen wieder verloren ging. Frau Sofie Beckmann schrieb mir darüber noch Folgendes: „Alle Enkel Beckmann's haben die Liebe zu den Naturwissenschaften geerbt. Man wird in keiner Familie so viel Käfer, Schmetterlinge und Naturalien-Sammlungen finden, wie in der unserigen." Es ist dies ein hübsches Beispiel zur Theorie der Vererbung menschlicher Eigenschaften.

Die Tochter Beckmann's vermählte sich mit dem Justizrathe Schmelzer in Halle.

niedergelegt ist. Beckmann erkannte, welch' großartiger Aufschwung der Gewerbethätigkeit und auch der mechanischen und chemischen Industrie demnächst bevorstünde. Gewiß war ihm bekannt, welche Ausbildung die Dampfmaschine zur selben Zeit durch James Watt erfahren. Dies mußte seine Aufmerksamkeit erregen, er mußte vorahnen, welche Bedeutung die erfolggekrönten Anstrengungen Watt's und seines Compagnons Boulton für die gesammte Industrie haben würden. Im Jahre 1776, also zu der Zeit, während Beckmann an seiner Technologie arbeitete, wurde die erste Dampfmaschine von wirklicher Leistungsfähigkeit in Broseley durch Watt errichtet. Sie war aus der von Watt und Boulton gemeinschaftlich errichteten Maschinenbauanstalt für Dampfmotoren hervorgegangen.

Während also Englands genialer Sohn durch die Ausbildung der Dampfmaschine zu einem universellen Motor eine Revolution der gewerblichen Thätigkeit anbahnte, begründete ein deutscher Gelehrter die Physiographie und Systematik der Gewerbe, die Technologie.

Beckmann war damals 38 Jahre alt, also auf dem Culminationspunkte der Schaffenskraft angelangt. Ein sorgenfreier, geordneter Haushalt gestattete ihm, sich ausschließlich seiner großen Aufgabe zu widmen. Für dieselbe eminent vorbereitet, durch äußere Umstände begünstigt, hat Beckmann thatsächlich das in dem Vorworte zu seiner Technologie entworfene Programm, das an der Spitze der vorliegenden Schrift mitgetheilt ist, durchgeführt. Es soll nun dieses Buch selbst noch einer näheren Betrachtung unterzogen werden.

In der Einleitung verbreitet sich Beckmann über allerlei der Volkswirthschaftslehre und der Technologie angehörige Begriffe. In einem Paragraphen versucht er die Handwerke zu ordnen und sagt, daß es am vortheilhaftesten sei, in je eine Abtheilung jene Handwerke zusammen zu legen, deren „vornehmste Arbeiten eine Gleichheit oder Aehnlichkeit in dem Verfahren selbst und in den Gründen zeigen, worauf sie beruhen". Diese „natürliche" Ordnung der Handwerke und Künste hat 51 Classen.

Classe 1. Handwerk der Schlächter, Fleischer und die Kochkunst;

Classe 2. Bereitung der Käse und Butter, Oehlschlägerei, Thransiederei, Bereitung des Wallraths, der Hausenblasen, Leimkocherei, Seifensiederei, Lichtzieherei;

Classe 3. Bereitung der Nudeln, Oblattenbäckerei, Bäckerkunst, Honigkuchenbäckerei, Bereitung der Chocolade, Zuckerbäckerei;

Classe 4. Bereitung der Weine, Bierbrauerei, Essigbrauerei, Branntweinbrennerei, Bereitung der Liqueure, Scheidewasserbrennerei, Vitriolölbrennerei, Apothekerkunst u. s. w. u. s. w.

Bis zur achten Classe inclusive sind chemische Gewerbe zusammengeordnet, hierauf folgen in den weiteren Classen die verschiedene mechanische Umbildungen besorgenden Gewerbe. Von Classe 36 angefangen bis 43 sind wieder chemische Industrien anorganischer Richtung aufgeführt und in den Classen 43 bis 51 fallen die metallurgisch mechanischen Gewerbe zusammen. Im Ganzen sind 324 Gewerbe aufgezählt.

Man würde jedoch irren, wenn man voraussetzen möchte, daß die Anordnung des Buches selbst auf dieser Eintheilung der Gewerbe beruhe. Im Gegentheil. Nach Aufführung der wichtigsten literarischen Hilfsmittel beginnt der erste Abschnitt des Buches: Die Wollenweberei. Nirgends ist ein Grund für diese Inconsequenz angegeben. Uebrigens ist der in der Einleitung enthaltene Versuch einer Systematik der Gewerbe nach unseren heutigen Begriffen ebenso mangelhaft, wie die Anordnung des Stoffes im Buche selbst mit 16 Abschnitten.

So vorausblickend Beckmann in mancherlei Beziehung für die dereinstige Gestaltung der technologischen Wissenschaft war, der Fundamentalunterschied zwischen Umbildungen chemischer und mechanischer Natur ist ihm völlig entgangen. Seit Karmarsch und Prechtl ist die Technologie in zwei getrennte, völlig selbstständige Fächer, die mechanische und chemische Technologie, getrennt. Für diese principielle Scheidung findet sich bei Beckmann kaum eine Andeutung. Freilich war auch die Chemie noch verhältnißmäßig wenig entwickelt*).

Der Textilindustrie, inclusive Hutmacherei, widmet Beckmann das erste Viertel seines Buches; hieran reiht er die landwirthschaftlich-chemischen Nebengewerbe: Bierbrauerei bis einschließlich der Tabakverarbeitung. Die Gärberei, in allen ihren Zweigen, wird mit besonderer Ausführlichkeit behandelt. Die zweite Hälfte des Buches umfaßt die keramischen Gewerbe, die Chemikalienindustrie, Bereitung des Schießpulvers und von der Metallbearbeitung, die Messingbrennerei, Nadelmacherei und die Münzkunst. Gänzlich zu vermissen sind die Schlosserei, die Schmiedekunst, die Tischlerei, Zimmerwerksarbeiten, die Leinenweberei und viele andere Gewerbe von hervorragender Wichtigkeit.

Es kann nicht überraschen, daß die Qualität der einzelnen Abschnitte eine sehr verschiedenartige ist. Mancher Paragraph ist eine vortreffliche, klare, dem factischen Zustande des Verfahrens in damaliger Zeit völlig entsprechende Schilderung. Die eigenen Beobachtungen Beckmann's sind zutreffend und sorgfältig benützt. Bei anderen Paragraphen kann man wohl die scrupulöse Verwendung der vorhandenen literarischen Behelfe

---

*) Dreißig Jahre später scheint ihm diese Angelegenheit schon etwas klarer zu sein. Auf S. 33 des Entwurfes einer allgemeinen Technologie sagt Beckmann: „Die mechanische Zertheilung zerkleinert den Körper, die chemische zerstört ihn."

anerkennen, die Richtigkeit der Darstellung hängt aber dann von der Zuverlässigkeit dieser Behelfe ab, die wohl eine sehr verschiedengradige, manchmal äußerst geringe ist.

Nach dem Gesagten wird man erkennen, daß Beckmann im Jahre 1777 wohl eine bewunderungswürdige Auffassung von dem Wesen der Technologie, richtige Ansichten über die Methode der descriptiven Technologie gehabt hat; man wird erkennen, daß er einzelne Theile vorzüglich gearbeitet und dadurch die Befähigung für das Ganze nachgewiesen, die Richtung überhaupt in sehr anerkennenswerther Weise angebahnt hat; jedoch man vermißt noch eine völlige Beherrschung des Stoffes, vielmehr noch, aber eine gleichmäßige Verarbeitung desselben.

Daß dies Beckmann selbst fühlte, beweist, daß er von jetzt ab gleichsam mit verdoppeltem Eifer Material für die Technologie sammelt. Diesem Streben nach weiterer Durchforschung des riesigen Stoffes verdanken offenbar seine „Beiträge zur Oekonomie, Technologie u. s. w." und seine „Beiträge zur Geschichte der Erfindungen" ihre Entstehung.

Beide Sammelwerke bilden eine Art von Jahrbüchern.

Das erstere, „Beiträge zur Technologie", begann 1779 zu erscheinen.

Die „Beiträge zur Oekonomie, Technologie u. s. w." enthalten jedoch nur zum geringen Theile Arbeiten aus Beckmann's Feder. Nur die Miscellen unter dem Titel „Auszüge aus Briefen", welche am Ende eines jeden Heftes vorkommen, sind von Beckmann selbst gesammelt und mit viel Geschick gesichtet. Seine Schüler und Freunde und auch sein Bruder Nicolaus Beckmann*) sind die Mitarbeiter an den

---

*) Siehe Seite 35. Note

„Beiträgen zur Oekonomie, Technologie u. s. w." und häufig waren es die Bedürfnisse seiner Vorlesungen, welche für die Verfassung einzelner Artikel, jedenfalls aber bei der Aufnahme derselben maßgebend waren.

Unter den sämmtlichen technologischen Artikeln der „Beiträge zur Oekonomie, Technologie u. s. w." ragt eine Arbeit Beckmann's besonders hervor. Es ist dies eine von der k. k. Gesellschaft des Ackerbaues und der nützlichen Künste zu Laibach in Krain gekrönte Preisschrift über die Frage, „welche sind die schicklichsten Nebengewerbe für Landleute überhaupt, namentlich aber in Krain?" Diese Abhandlung ist durch ihre Anordnung, durch die Logik und durch die Fülle treffender Bemerkungen auch heute noch eine lesenswerthe Musterarbeit über Hausindustrie und deren Pflege durch Corporationen und die Staatsregierung. Die in Oesterreich vor Kurzem creirten Fachschulen in ihrer gegenwärtigen Gestalt und Tendenz wurden von Beckmann bereits vorgeschlagen, indem er sagte: „Man setze einen Mann in das Dorf, der Meister in der Arbeit ist und lasse diesen zu arbeiten anfangen; man halte die Bauernkinder an, einige Stunden die Woche unter seinen Augen zu arbeiten und bezahle den Kindern ihre Producte, sobald sie erträglich ausfallen. Man leihe ihnen Werkzeuge, schaffe ihnen Materialien und verspreche ihnen Geld für das, was sie zu Hause arbeiten werden, wenn es von dem Meister gebilligt wird. Dieser ausgesäete Unterricht wird zwar in vielen Häusern gar nicht aufgehen, aber in wenigstens einigen Wurzel schlagen und Früchte tragen und dann ist schon sehr viel gewonnen; u. s. w." Ferner sagt Beckmann von den den ökonomischen Gesellschaften gehörigen Capitalien und von ihnen gestifteten Preisen, „daß diese nicht vortheilhafter verwendet werden können, als wenn man sie zur Einführung nützlicher Nebengewerbe unter die Landleute bestimmte"*).

In den späteren Bänden dieser „Beiträge zur Oeconomie, Technologie u. s. w." sind Abhandlungen und Notizen aus Beckmann's Feder sehr spärlich, wohl aber ist manche technologische Arbeit von Schülern und Freunden enthalten, welche die unverkennbaren Spuren der Einflußnahme Beckmann's zeigen**).

Viel wichtiger und viel nachhaltiger war die Leistung Beckmann's, welche aus der Herausgabe seiner „Beiträge zur Geschichte der Erfindungen", Leipzig 1782 bis 1805, 5 Bände, hervorging. Diese Beiträge sollen gleichsam ein Dilettiren, eine Erholung von den gewöhnlichen Beschäftigungen des Gelehrten darstellen. Er sammelt, ohne besondere Auswahl. „Ich weiß es", sagt Beckmann, „daß manche hier Gegenstände finden werden, die sie der darauf verwendeten Mühe unwerth halten. Manche, welche Erze, woran sie nicht gleich gediegenes Gold zu erkennen meinen, für taubes

---

*) Diese Arbeit Beckmann's trägt das charakteristische Motto: Nudus ara, sere nudus, hiems ignava colono.

**) Einige interessante Arbeiten seien hervorgehoben: Die Bereitung des Chagrins in Astrachan (2. Band); Forstner's Maschinen zum Bohren der Kanonen, Verfertigung der bunten Papiere in Breitkopf's Etablissement (3. Band); Ueber die Zinnoberfabrik des Herrn Kornbeck, Leibarzt des Fürsten Kaunitz, in der Nähe von Wien (4. Band); Ueber Drahtseile auf dem Harze, Von den hessischen Ziegeln, Papiertapeten (5. Band); Ueber Kupfervitriol-Bereitung, Ueber Galläpfel und Knoppern (6. Band); Ueber die Schußermühle in Waldorf, Ueber Achatdrechslerei in Birnberg (7. Band); Ueber die Verfertigung von Feilen, Nieten u. s. w. in Schmalkalden (8. Band); Ueber die Eisenwerke in Holzen, Ueber die Spinnschulen von Lamotte (höchst ausführliche für die Vertreter von Fach- und Gewerbeschul-Angelegenheiten, sehr bemerkenswerthe Arbeit), technologische Reisebemerkungen von Quanz (12. Band).

Gestein ansehen und über die Halden werfen, sind keine großen Kenner, lassen sich gewiß oft durch Katzengold betrügen und kümmern mich so wenig, als die, welche überhaupt nicht zu wissen verlangen, wie Erfindungen entstanden und allmälig zu der jetzigen Nutzbarkeit gediehen sind."

Beckmann faßt übrigens das Wort „Erfindung" sehr weit und durchaus nicht im rein technischen Sinne auf. Sonst würde er nicht die Geschichte des italienischen Buchhaltens, der Bücherprivilegien, der Büchercensur, der Kalender, der Tulpe, der Kanarienvögel, der Kameele, Leihhäuser, Hahnenkämpfe, Lotterie u. s. w. in der Geschichte der Erfindungen behandeln.

Der zweite Bibliothekar der Göttinger Universität, Herr Professor Dietze, hat durch seine seltene Bücherkenntniß, ausgebreitete Gelehrsamkeit und Neigung zu ähnlichen Untersuchungen die Arbeiten Beckmann's wesentlich gefördert.

Was die geschichtlich-technologischen Artikel in den fünf Bänden anbelangt, so steht ihr Werth für Heute und alle Zukunft fest. In der Erforschung der Geschichte von technischen Erfindungen, soweit diese Forschungen auf literarischen Quellen fußen, ist Beckmann noch von keinem Zweiten übertroffen worden und dürfte wohl auch niemals übertroffen werden.*) Es wird im Gegentheil von Tag zu Tag unwahrscheinlicher, bei der heutigen Scheidung der philologischen und technischen Studien, daß jemals ein zweiter Beckmann erstehen werde.

Die Engländer besitzen in dem classischen Werke „Lives of the Engineers von Samuel Smiles, London 1874" ebenfalls einen unübertrefflichen Beitrag zur Geschichte der Technik. Leider haben in dieser Richtung weder Beckmann noch Smiles bemerkenswerthe Nachahmer gefunden.

---

*) Besonders bemerkenswerthe Arbeiten sind:
Beleuchtung der Gassen, Flinten und Flintenschloß, Rubinglas, Kutschen, Sprachrohr, Siegellack (1. Bnd.).

In den Schriften der Göttinger Societät der Wissenschaften hat Beckmann eine Reihe technologischer und warenkundlicher Arbeiten in lateinischer Sprache veröffentlicht, so: über den Krapp, die Karthamusblüthe, über Färbehölzer, über Färberei, dann über die Geschichte des Alauns und des Zuckers u. s. w. Einige derselben, z. B. die Geschichte des Alauns, finden wir in's Deutsche übersetzt und erweitert in den Beiträgen zur Geschichte der Erfindungen wieder.

Diese literarische Thätigkeit in den exclusiven Kreisen der Göttinger Societät hat der Technologie die gleiche Berechtigung mit den übrigen Richtungen der Gelehrsamkeit erobert. Allerdings ist diese durch Beckmann's eigene Kraft errungene Stellung der Technologen unter den Gelehrten wieder seither verloren gegangen, was jedoch sein Verdienst in unseren Augen um so größer erscheinen lassen muß.

Einige Jahre schon nach dem Erscheinen der Anleitung zur Technologie unternahm es Beckmann, Werke technologischer Richtung von anderen Autoren durch Vorreden beim Publicum einzuführen. So finden wir Bischoff's Geschichte der Färberkunst 1780 und Jakobson's technologisches Wörterbuch 1781 durch Vorreden Beckmann's geziert. Auch bearbeitete Beckmann eine neue Ausgabe der von Justi'schen „Abhandlung von Manufacturen und Fabriken".

Drei Decennien waren vorübergegangen, seitdem der Universitätsprofessor Beckmann sein Lehrbuch der Technologie

Getreidemühlen, Alaun, Sägemühlen, Kork (2. Bnd).
Cochenille, Drahtzieherei, Hufeisen, Ultramarin, Spitzen, Zint, Spiegel, Glasschneiden und Aetzen (3. Bnd.)
Seife, künstliches Eis, Zinn, Säemaschinen, Torf, Braunstein, Feuerspritzen, Indigo (4. Bnd.)
Stahl, Stricken, Bleistifte, Salmiak, Salpeter (5. Bnd.).

herausgegeben hatte. An anderen Universitäten wurden Lehrstühle für Technologie errichtet, so z. B. 1790 an der baierischen Universität in Innsbruck, für welchen Professor Josef Stapf berufen wurde. Auch von anderen Gelehrten wurden Lehrbücher der gesammten Technologie geschrieben, so z. B. von dem preußischen Kriegs= und Domänenrath Georg Friedrich von Lamprecht 1785*), welches Werk sehr rasch vergriffen war; allenthalben entstanden technologische Schriften, welche „nützliche Gewerbe" behandelten; die Zeitschriften nahmen technologische Beiträge auf, kurz: eine sich rapid ausbreitende, technologische Literatur war begründet.

Beckmann selbst aber verließ den einmal betretenen Weg nicht mehr und in demselben Maße, als seine Kenntnisse und Einsicht wuchsen, in demselben Maße nahm seine Vorliebe für das unter seinem Patronate aufblühende Fach zu. Da fühlte sich Beckmann in seinem 67. Lebensjahr noch einmal zu einer That angeregt, welche nicht weniger als die Neubegründung einer streng wissenschaftlichen Systematik der Technologie darstellt. Noch war die descriptive Technologie in der Kindheit, noch rang sie nach Gleichberechtigung mit anderen Wissenschaften, noch suchte sie sich durch die Gewinnung von Jüngern zu verbreiten und zu vervollständigen, und schon erkannte Beckmann, daß die Wissenschaft: Technologie einer Vertiefung fähig sei. Der Philosoph Beckmann bemächtigte sich der Beckmann'schen Technologie und ging von der zuerst gewählten Methode der Beschreibung auf die Methode des Vergleiches über.

---

*) Hallens Technologie oder die mechanischen Künste, als ein vermehrter Auszug aus der neuen Kunsthistorie. Brandenburg 1782.

Jung, Versuch eines Lehrbuches der Fabrikswissenschaft. Nürnberg 1785.

Cunradi, Anleitung zum Studium der Technologie oder kurze und faßliche Beschreibung verschiedener Künste und Handwerke. Leipzig 1786.

Im Jahre 1806 erschien der „Entwurf der allgemeinen Technologie" von Johann Beckmann, Göttingen, bei Johann Friedrich Römer. Diese wenig umfangreiche Schrift — sie zählt nur 72 Seiten Kleinoctav — stellt eine sehr bedeutungsvolle Leistung dar, eine Leistung, welche man der Begründung der Technologie im Jahre 1777 fast an die Seite stellen könnte.

Der in diesem Entwurfe einer allgemeinen Technologie gemachte Vorschlag blieb ein Vorschlag bis heute und während sich ein Jahrhundert hindurch die beschreibende mechanische Technologie weiter entwickelte, während sie zunächst ihre Theilung in die mechanische und chemische Technologie erfuhr, während die erstere, namentlich unter der Führung Karmarsch's, sich der ernstesten Pflege erfreute und die chemische Technologie in Prechtl, Graham — Otto u. A. m. hervorragende Vertreter fand, ruhte das Beckmann'sche Programm einer vergleichenden, wissenschaftlichen Behandlung des technologischen Lehrstoffes bis auf unsere Tage. Gerade in der Gegenwart, man kann sagen, kaum seit einem Decennium, machen die Vertreter der Technologie Anstrengungen, die technologische Wissenschaft zu reformiren*) und es ist nicht zu verkennen, daß diese Bestrebungen schon durch die von Beckmann im Jahre 1806 herausgegebene Schrift ihre Charakterisirung erfahren haben. Die gegenwärtige Reformbewegung der mechanischen Technologie findet ihr Spiegelbild in der Beckmann'schen Schrift vom Jahre 1806. Der Reformvorschlag Beckmann's beweist aber nicht nur einen seltenen Vorausblick, er documentirt eine hohe philosophische Befähigung und keine geringe Selbstverleugnung, indem dadurch das eigene, zuerst geschaffene, ruhmgekrönte Werk eine Kritik von einschneidender Gewalt erfuhr.

---

*) Siehe u. A. Dingler's polytechnisches Journal, 1874. Band CCXIV, S. 410.

Beckmann selbst konnte nur durch Beispiele seine Ideen charakterisiren. Diese zwei Beispiele beziehen sich auf die mechanischen Arbeiten, Zerkleinern und Glätten. Das erstere Beispiel führt er bei sechs Rohstoffgruppen durch. Diese sind: spröde Körper, weiche Körper, faserige Körper, Metalle, Salze, Wasser. Die Durchführung dieser Beispiele ist eine für die damalige Zeit glänzende und wäre ausgezeichnet, auch heute noch, wenn sie nicht an der Vermischung von physikalischen und chemischen Vorstellungen krankte.

Auf mehr als Beispiele sich einzulassen, wagte aber Beckmann nicht, denn er fühlte wohl, daß die beschreibende Technologie noch eine weitere Ausbildung erfahren müsse, bis der zweite von ihm angegebene Schritt gethan werden könne*).

---

*) Der „Entwurf der allgemeinen Technologie von Johann Beckmann" enthält folgende charakteristische Stellen, die wir hier um so mehr reproduciren zu müssen glauben, als jene Druckschrift nur in wenig Bibliotheken, namentlich in keiner Wiens vorhanden ist.

„Die Technologie lehrt sowohl die rohen als die bearbeiteten Materialien zu allen den höchst verschiedenen Arten des Gebrauches, welchen die Menschen davon zu machen wissen, zurichten. Die Zurichtung zu einem gewissen Gebrauche heißt die Verarbeitung des Materiales."

„Wer sich ein Studium daraus gemacht, viele Handwerke und Künste kennen zu lernen und wer sich geübt, viele mit einem Blicke zu übersehen, der muß bemerken, daß sehr viele Handwerke, so verschieden auch ihre Materialien und Waaren sind, dennoch mancherlei Arbeiten zu einerlei Absichten zu verrichten haben, oder daß sie einerlei Absicht auf sehr verschiedene Weise zu erreichen wissen. Multae sunt viae ad unum inventum et unum finem."

„Nun wünsche ich ein Verzeichniß aller der verschiedenen Absichten, welche die Handwerker und Künstler bei ihren verschiedenen Arbeiten haben und daneben ein Verzeichniß aller der Mittel, durch welche sie jede derselben zu erreichen wissen."

„So einem Verzeichnisse würde ich den Namen der allgemeinen Technologie oder des ersten oder allgemeinen Theiles der Technologie geben. Der besondere Theil behielte die Beschreibungen der einzelnen Handwerke. Jener würde lehren, auf wie mancherlei Weise

Man kann mit Bestimmtheit annehmen, daß die in der Gegenwart angestrebte Reform der Technologie sich auf Grundlage der vorgeschrittenen Naturwissenschaft vollziehen und mit wie vielerlei Werkzeugen die Körper der verschiedenen Arten geglättet, gerauhet, zerkleinert, benetzet, getrocknet, gerade gemacht, gebogen, gehärtet, gesteifet, verdichtet, aufgelockert, verdünnet, gesiebt, erwärmt oder erkältet und durchsichtiger oder undurchsichtiger, elastischer, biegsamer u. s. w. gemacht werden, ferner durch welche Mittel flüssige Körper gekläret, entfärbt, verbunstet, geschmeidiger gemacht werden."

„Den Nutzen eines solchen Verzeichnisses wird kein Kenner bezweifeln. Es scheint zwar, daß jedes Handwerk längst zu seinen Arbeiten zweckmäßige Mittel gefunden hat, und wahrlich, man muß den Witz und den Erfindungsgeist, welcher daraus hervorblickt, bewundern, zumal da Gelehrte daran gar keinen Antheil gehabt haben."

„Aber, daß zu jedem Handwerke, zu jeder Arbeit oder Absicht bereits das allervortheilhafteste Mittel im Gebrauch sei, läßt sich wohl nicht erwarten, wenigstens gewiß nicht erweisen. Vielmehr lehrt die Erfahrung von Zeit zu Zeit Verbesserungen, welche die Arbeit erleichtern, sichern oder abkürzen."

„Oft ist ein Handwerk plötzlich blos dadurch verbessert und vervollkommnet worden, daß statt des Mittels, was es bisher allein zu einer Arbeit gebraucht hat, ein anderes angewendet worden ist, welches ein anderes Handwerk zu ähnlicher Absicht vor undenklicher Zeit in Gebrauch gehabt hat."

(Beispiel. Anwendung des Walzwerkes auf die Münzkunst anstatt des Hammers.)

„Schon Baco of Verulam versicherte, daß mehr als auf irgend eine andere Weise den Künsten genützet werden könnte, wenn nur die schon bei Handwerken gebräuchlichen mannigfaltigen Mittel zu einerlei Absicht demjenigen bekannt würden, welcher Neigung, Geschick und Gelegenheit hätte, die besten auszuwählen und ihre Uebertragung zu versuchen."

„Dereinst, wenn die allgemeine Technologie ausgearbeitet sein wird, und wenn die Neigung der Gelehrten zu technologischen Kenntnissen zuzunehmen fortfährt, so werden von diesen viele, welche dazu Zeit und Gelegenheit haben werden, veranlassen, daß eine Uebertragung verschiedener Mittel und Werkzeuge von geschickten Meistern versucht werde."

wird, und wenn diese wissenschaftliche Revolution nach Jahrzehnten ihre Endschaft erreicht haben wird, auch dann noch und dann erst recht, wird man auf das hinweisen müssen, was

„Am besten würde es freilich sein, wenn letztere selbst die Auswahl anstellten. Aber dies wird höchst selten geschehen, so lange bis erst mehre Handwerker durch Erlernung der Hilfswissenschaften und der allgemeinen Technologie zu so allgemeinen Begriffen gebildet sein werden."

„Plato hat gesagt, erst dann würde die Welt glücklich sein, wenn die Regenten Philosophen oder die Philosophen Regenten würden. Ich weiß nicht ob er dies auch bei der allein wahren, d. h. jetzt modigen Philosophie gesagt haben würde, aber ich glaube etwas ähnliches über Handwerke behaupten zu können, daß diese erst alsdann die größte Vollkommenheit erreichen werden, wenn Gelehrte Handwerke kennen und auf diese ihre Kenntnisse anwenden werden, und wann die Handwerker (Söhne der Reichen) diejenigen Wissenschaften studiren werden, welche ihnen am ehesten und meisten dienen können."

„Jetzt sieht man oft mehre Handwerker nebeneinander arbeiten, ohne daß einer sich sonderlich um des Anderen Weise zu arbeiten bekümmerte, wenigstens scheinen die Meisten gar nicht den Gedanken zu fassen, daß ein Handwerk von einem anderen vortheilhafte Handgriffe erlernen oder dessen Werkzeuge in seiner Werkstelle mit Gewinn brauchen könnte."

„Und wenn dies auch einmal einem einfallen möchte, so können die meisten deutschen Handwerker so einen Versuch, welcher doch zumal anfangs mißglücken und Zeitverlust und vergebene Kosten verursachen könnte, gar nicht oder nur sehr im Kleinen wagen."

„Anders ist es auf der glücklichen Insel in England, wo die Handwerke geehrter sind und deswegen auch von vornehmen, erkenntniß- und geldreichen Familien betrieben werden. Wo werden größere und mehre Versuche zur Verbesserung der Künste gemacht als dort? Wo werden neue Erfindungen besser gezahlt und besser genutzet als dort? Wo blühen die Handwerke mehr als dort? Das erkennt der Teutsche mit Neid, aber unrichtige Schätzung der Gewerbe gehört zu seiner Erbsünde, welche keiner Besserung fähig zu sein scheint."

„Wie erstaunlich viel auf die Auswahl der Mittel zu den Arbeiten in den Werkstellen ankömmt, beweisen tausend Beispiele. Da spinnet der Teutsche noch immer an der Spindel oder an dem von ihm erfundenen Rade und der Engländer läßt Kinder an der Maschine im Jahre 1806 der Begründer der descriptiven Technologie gedacht und geplant hat.

---

spinnen, so wohlfeil, daß wir schon Garn und Gewebe wohlfeiler aus England kaufen, als selbst verfertigen können."

"Bald wird dies der Fall bei den meisten Waaren sein. Denn, wer wird mit der englischen Dampfmaschine um die Wette arbeiten wollen? Woher würden wir für diese die Feuerung nehmen, welche wir kaum noch zu unserer Erwärmung bezahlen können! Der wie vielste teutsche Fabrikant und Manufacturer wird die Dampfmaschine bezahlen können!"

"Die allgemeine Technologie, welche ich vorschlage, scheint mir in der Einrichtung und Nutzung große Aehnlichkeit mit dem systematischen Verzeichnisse der Arzneimittel, der sogenannten materia medica zu haben. Diese nennet alle bisher bekannt gewordenen Arzneien, die Simplicia von einerlei Wirkungen in so viel besonderen Abschnitten, als sich Wirkungen angeben lassen. Wenn dermal einst nach ähnlicher Weise die materia technologica, welchen Namen ich jedoch nicht empfehlen will, ausgearbeitet sein wird, dann wird solche eben so sehr dem praktischen Technologen, welcher Künste bessern will, die Auswahl erleichtern; aber auch er wird dabei Verstand und mancherlei Kenntniß nöthig haben, wenn er nicht sich und anderen schaden und sich nicht lächerlich machen will."

"Es versteht sich von selbst, daß die Mittel zur Bearbeitung der Materialien nach dieser ihrer Natur verschieden sein müssen. Aber es sind noch mancherlei Regeln zu beobachten, welche nicht so allgemein bekannt sind, oder nicht jedem sogleich einfallen. Diese verdienten gesammelt und der Technologie in der Einleitung vorgesetzt zu werden. Inzwischen sind sie noch zur Zeit nicht angemerkt worden und wenigstens ich mag noch nicht den Versuch machen, sie hier aufzuführen. Also Folgendes nur zur Erläuterung, was ich meine."

"Manche Mittel, so vortheilhaft sie für große Anstalten sind, wo einerlei Waare in Menge beständig verfertigt wird, sind doch zu kostbar, zu umständlich für die, welche, wie man sagt, im Kleinen arbeiten. Schon mancher Projecteur hat sich dadurch geschadet, daß er zu schnell vom Großen auf's Kleine geschlossen hat, dagegen vielleicht noch mehre dadurch unglücklich geworden sind, daß sie, was sie im Kleinen möglich gefunden haben, auch im Großen anwenden wollten."

Nun fühlen wir uns aber doppelt berechtigt, noch weitere Mittheilungen über die Lebensgeschichte Beckmann's vom Jahre 1777 ab zu machen.

„Manches Mittel, was ein Handwerk zu brauchen gewohnt ist, könnte vortheilhaft bei einem anderen Material gleichfalls angewendet werden, wenn es nicht der weiteren Bearbeitung desselben hinderlich wäre."

„Manche Mittel äußern zu gleicher Zeit mehr als eine Wirkung und sind deswegen desto vortheilhafter. Aber oft können solche Mittel nicht da angewendet werden, wo zwar die eine Wirkung gewünscht wird, die andere aber nicht gestattet werden kann."

„Unsere Pharmazeuten haben manche Corrigentia erfunden, das heißt Mittel, wodurch eine nachtheilige oder unangenehme Eigenschaft eines sonst nützlichen Medicamentes weggeschafft oder unschädlich oder unmerklich gemacht werden kann. Auch für die Technik müssen Corrigentia gefunden werden. Manche Mittel können deswegen in manchen Fällen nicht angewendet werden, weil sie für diese entweder zu langsam oder zu schnell wirken. Es gibt Mittel, welche eine große Ersparung an Zeit und Mühe verleihen, aber die Waare schlechter liefern."

„Manche herrliche Maschine kann nicht genützet werden, wo es für sie an Kraft und Raum gebricht. Es gibt Vorrichtungen, welche eine Waare vollkommener machen, als sie auf eine andere Weise gemacht werden kann, aber sie verlangen zu viel Geschicklichkeit, zu viel Vorsicht und sind deswegen viel zu unsicher, als daß sie von vielen angewendet werden könnten."

„Jeder Abschnitt oder Artikel der allgemeinen Technologie müßte, nach meiner Meinung, aus zwei Theilen bestehen, aus dem allgemeinen und besonderen. Jener müßte die gemeinschaftlichen und besonderen Absichten der im anderen Theile aufgeführten Arbeiten und Mittel anzeigen, die Gründe erklären, worauf sie beruhen und sonst noch dasjenige kurz lehren, was zum Verständniß und zur Beurtheilung der einzelnen Mittel und zu ihrer Auswahl bei Uebertragungen auf andere Gegenstände, als wozu sie bis jetzt gebraucht sind, dienen könnte."

„Dies würde den Künstlern und Handwerkern gründliche und allgemeine Begriffe von den Gegenständen, welche sie bearbeiten und von den dazu gebräuchlichen Verfahren erleichtern, und überhaupt eine Uebersicht gewähren, welche erfinderische Köpfe zu neuen nützlichen Verbesserungen hinleiten könnte."

„Ferner, soll die allgemeine Technologie den großen Nutzen, den sie zu leisten fähig werden kann, leisten, so müssen, wenn nicht im

Im Jahre 1784 wurde Beckmann zum großbritannischen und braunschweig-lüneburgischen Hofrath ernannt; eine Reihe von landwirthschaftlichen und naturwissenschaftlichen Gesellschaften und Vereinen, von Instituten und Akademien der Wissenschaften ernannte ihn zur ihrem Mitgliede *); durch

---

mer, doch oft die Bücher angezeigt werden, in welchen man die Arbeiten und Werkzeuge beschrieben und abgebildet finden kann. In neuerer Zeit sind sehr viele Maschinen, welche gewisse Arbeiten erleichtern sollen, angegeben worden, auch diese müssen, bei den Arbeiten, wozu sie bestimmt sind, aufgeführt werden."

„Wenn man diese zahlreichen Angaben in den unzählbaren periodischen Schriften betrachtet, so sollte man unser Zeitalter für besonders erfinderisch und glücklich halten; aber leider nützen die allerwenigsten Maschinen das, was sie nützen sollten. Gleichwohl bleibt es wahr, daß ein systematisches Verzeichniß derselben zu wünschen wäre."

„Die Arbeiten der sämmtlichen Handwerke und Künste und die dazu gehörigen Werkzeuge und Maschinen sind viel zu zahlreich, als daß irgend Jemand glauben dürfte, sie alle zu kennen und richtig classificiren zu können. Wer den ersten Versuch wagen will, muß wünschen, daß Kenner dieser Gegenstände ihm zu Hilfe kommen, und dereinst seinen Entwurf, welcher nicht anders als höchst mangelhaft ausfallen kann, ausbessern und ergänzen wollen. Um zu dieser weitläufigen Unternehmung ein Schärflein beizutragen, wage ich ein paar Artikel vorzulegen, welche ich, so gut es mir möglich gewesen ist, ausgearbeitet habe. Sie werden wenigstens das, was ich unter allgemeiner Technologie verstehe, erklären, so unvollständig und fehlerhaft in der Anordnung sie sind."

„Denen, welche sie und meinen ganzen Entwurf mit einem Anstande, welcher ihnen Ehre macht, beurtheilen und ausbessern wollen, will ich namentlich danken. Was die, welche ein Vergnügen darin finden, ihre Weisheit zur Verkleinerung Anderer anzubringen, Brauchbares liefern werden, werde ich, wenn es mir bekannt wird, gleichfalls nützen. Aber nach meiner Art zu denken, wären gegen solche Dank und Rache gleich unstatthaft."

*) Durch die Ernennung zum correspondirenden, wirklichen oder Ehrenmitgliede zeichneten Beckmann aus folgende Akademien:

die Anfertigung von Porträts und einer Büste wurde dafür
Sorge getragen *), daß seine äußere Erscheinung der Nach=
welt erhalten bleibe; mit einem Worte, alle Zeichen von Ver=
ehrung und Freundschaft, welche man bei Lebzeiten erfahren
kann, wurden ihm zu Theil. Dabei bewahrte er sich eine
rührende Anhänglichkeit für seine Familie und großen Sinn
für Häuslichkeit. Seine Sparsamkeit führte zur Erwerbung
eines beträchtlichen Vermögens, das er seinen Kindern hinterließ.

Wie sehr er bestrebt war, die Liebe zu den Angehörigen
und die dankbare Erinnerung an die Vorfahren im eigenen
Familienkreise zu erhalten und zu beleben, beweist folgender
schöne Zug. In seiner „Anweisung, die Rechnungen kleiner
Haushaltungen" zu führen, welche so hübsche Abschnitte über
die „Wahl einer Frau", über die „Behandlung der Dienst=
boten", über die „Sparsamkeit" u. s. w. enthält, macht er
auch den Vorschlag, bei irgend welchen Familienereignissen
Kindern werthvolle Gegenstände zum Geschenk zu machen und

Die kaiserl. Leopoldin.=Carolinische Akademie, 1771;
Die königl. Akademie der Wissenschaften in Stockholm, 1790;
" " " " " München, 1809;
Das königl. Institut der Wissenschaften, Literatur und schönen
Künste in Amsterdam, 1809;
folgende wissenschaftliche Gesellschaften:
Carlsruhe, 1769; Göttingen, 1770; Berlin, 1773; Erfurt, 1773;
Lund, 1778; Halle, 1780; Helmstädt, 1798; Hannover, 1799; Lille,
1807; Hanau, 1805 u. 1808;
folgende landwirthschaftliche Vereine:
Celle, Churpfalz, Ober=Lausitz, 1770; Bern, 1772; Laibach,
1775; Amsterdam, 1778; Paris, 1785 u. 1788; Hessen=Cassel, 1785;
Leipzig, 1786; Waltershausen, 1797; Rostock, 1798; Südpreußen,
1804. Die gesperrt gedruckten genossen ein besonderes Ansehen.

*) Von J. F. Schleuen (in seinem 38. Lebensjahre), von
Schwenterley (in seinem 52. Jahre), von Grape (in seinem 54. Jahre),
von Arndt (in seinem 69. Jahre). Das zweitgenannte bildete das Ori-
ginal für jenes, welches dem vorliegenden Buche beigegeben wurde.
Die Büste besitzt die Göttinger Bibliothek.

mit einer kleinen Notiz über die feierliche Veranlassung zu
versehen. So schenkte er seinem Sohne einen Rosenobel, sprach
jedoch die Befürchtung aus, daß „er bald aus der altmodigen
Sparbüchse ins Universum übergehen werde", setzt aber hinzu,
daß er wünsche, diese Weissagung möchte nicht zutreffen. Sie
ist in der That „unwahr geworden", denn noch heute besitzt
der Enkel Beckmann's, Sanitätsrath Beckmann in Harburg,
in denselben Zettel eingewickelt und in derselben altmodigen
Sparbüchse jenen Rosenobel.

Beckmann's Lehrthätigkeit als Universitätsprofessor dauerte
bis an sein Lebensende. Die unerschütterliche Gesundheit, ohne
welche Beckmann nicht jene riesige Arbeitskraft, die wir an
ihm bewundern, besessen haben würde, blieb ihm bis in das
letzte Lebensjahr treu. Das hohe Alter, die ungesunde Lebens=
weise des Gelehrten und die politischen Ereignisse scheinen jedoch
in den Jahren 1809 bis 1811 seine Kraft überwältigt zu
haben. Wenigstens hört seine literarische Thätigkeit mit dem
Jahre 1809 auf. Seine letzte literarische Arbeit ist ein zwei=
bändiges Werk, „**Literatur der alten Reisebeschrei=
bungen**, Göttingen 1807 bis 1809." Er selbst konnte nicht
mehr reisen, auch waren die Zeitverhältnisse hiezu nicht an=
gethan; so beschränkte sich Beckmann darauf, sich an den
Reisen anderer zu ergötzen und die Früchte dieser zu resumiren.

Am 3. Februar des Jahres 1811 beschloß Beckmann
zufolge einer Lungenentzündung sein reiches Leben.

Viel früher schon hatte er durch ein umständliches Testament
seine Angelegenheiten geordnet. Dasselbe kann nicht gelesen wer=
den ohne Rührung. — Die edlen Charaktereigenschaften Beck=
mann's zeigen sich in demselben. Er trifft Anordnungen über
seine Beerdigung, verfügt bis in's Detail über seinen Besitz und
sagt seiner Frau und seinen Kindern in der liebevollsten Weise
Lebewohl: „Wenn meine liebe Frau mich überlebt, so wiederhole
ich hier noch einmal meinen herzlichen Dank für die mir und

unseren Kindern erwiesene wahre Liebe." „Ich bitte sie inständigst zum Beweise ihrer dauernden Liebe gegen mich, daß sie nichts sparen wolle, was dazu dienen kann, sich die wenigen übrigen Lebensjahre erträglich, auch wenn möglich, vergnügt zu machen. Ohne ihre Vorsorge hätten wir das Vermögen nicht, das wir jetzt haben und es würde mich im Grabe beleidigen, wenn sie davon nicht ohne alle andere Rücksicht, alles was zu ihrer Erhaltung und Bequemlichkeit und zu ihrem Vergnügen dienen kann, anwenden wollte. Meine lieben Kinder bitte ich auch im Namen ihrer Mutter, das Vermögen, was wir ihnen hinterlassen, vernünftig zu brauchen und nichts zu verschwenden, sondern, wenn es möglich sein kann, es ihren Kindern zur Erleichterung des ohnehin mühseligen Lebens aufzubewahren." Er vergißt auch der Tochter seines lieben Bruders nicht, auch der Dienstboten nicht und errichtet endlich ein Legat für zwei in Göttingen lebende, arme Witwen, deren Auswahl er seinen Erben überläßt. „Freilich wünsche ich, daß sie auf würdige Personen fallen möge, aber ich erinnere dabei, daß Niemand ohne Fehler ist." Seinen Freunden, Hofmedicus Hausen und Professor Tychsen widmet er Andenken, der Universitätsbibliothek einen Theil seiner Büchersammlung und die von seinen Eltern ererbte Bibel möchte er noch bei seinen Nachkommen wenigstens einige Jahre erhalten sehen. Soweit wir es zu beurtheilen vermögen, haben sich die Mehrzahl der Wünsche dieses herrlichen Mannes verwirklicht. Eines aber ist gewiß, daß seine hervorragenden Leistungen die Erfüllung jenes Wunsches gesichert haben, den er auf das Titelblatt seiner begonnenen Autobiographie gesetzt hat:

„Ne totus moriar."